# 龙舟少年

任君明 著

四川少年儿童出版社

第八章 英国归人 076

第九章 第一次上场 086

第十章 一个人的十公里 094

第十一章 骏水 104

第十二章 夏师傅 118

第十三章 漫长的冬训 128

第十四章 河边的秘密 152

第十五章 春天 165

第十六章 第十三人 171

第十七章 龙舟景 196

第十八章 逆风飞翔的龙 213

第十九章 小小的梦 227

后记 237

# 目录

第一章 选拔风波 001

第二章 寻龙记 014

第三章 爸爸,爸爸 022

第四章 插班生 030

第五章 姐姐 043

第六章 少年龙舟队 051

第七章 鼓手与领桨手 061

氹氹（dàng）转，菊花园，
炒米饼，糯米糯米团。
五月初五系（是）龙舟节呀，
阿妈叫我去睇（看）龙船。

——粤语童谣《氹氹转》

## 第一章 选拔风波

一丝风也没有。陈梓恒坐在单人龙舟上,史无前例地烦躁。

盛夏八月了,埠头榕树上的知了还在孜孜不倦地比试吼功,尖厉又稠密的蝉声,仿佛要把荔枝涌午后三点平静如镜的河面震碎。单人龙舟上静待发号令的陈梓恒,此刻正心乱如麻。

握桨,入水,低头,张耳,屏住呼吸,一切似乎准备就绪。可是,不知为何,陈梓恒忽然感觉到他今天握住龙舟桨的双手在微微颤抖。他的思绪不合时宜地飘回三个月前那段不堪回首的日子。

"铛",一记清脆洪亮的铜锣声响起,只见河中两条小龙舟应声起桡①,两位英姿勃发的少年奋力挥桨逐浪,身下的龙舟疾驰而行,唯独陈梓恒的龙舟还在原处一动也不动。

站在参天老榕下的周诗颖和陈静恩急得直跺脚,她俩大声高呼陈梓恒的名字,喉咙都快喊破了。

陈梓恒听到叫声,蓦然回过神来,这才开始手忙脚乱地划动龙舟桨。他平日习惯用右手起步,但不知为什么,今天用的竟然是左手。

他抬头瞥了前方一眼,那两条龙舟早已领先三四个船位了。

这是在龙舟之乡——荔枝镇举行的一场特别的龙舟选拔赛。荔枝镇位于大湾区广东江门鹤山,为打造"龙舟文化特色镇",培养新一代龙舟健儿,准备成立镇上第一支少年龙舟队。全镇十岁以上熟悉水性的孩子几乎都踊跃报名了,所以今天举行了单人龙

---

① 桡:即龙舟桨,读 ráo;起桡:即开始划起龙舟桨。

舟赛,以遴选出最强的二十名队员。

荔枝镇是珠三角一个原生态水乡,除了一应水产外,还盛产荔枝、龙眼、黄皮等岭南佳果,其中以荔枝最为闻名。各村各乡大大小小的水道纵横交错、四通八达,仿佛一张巨大的网,将整个镇子联结在一起,镇上的居民日常出行至今仍喜欢选择小船和龙舟。

荔枝镇盛行岭南传统的醒狮文化和龙舟文化,每年春节的火龙表演和醒狮比赛,以及端午的扒龙舟①,自古绵延传承至今,成为荔枝镇一年中最热闹的民俗庆贺活动。

陈梓恒从小就生活在这里,每天与河水和船打交

---

① 扒龙舟:即赛龙舟、龙舟竞渡。

道，和许多水乡长大的孩子一样，练就了一身游泳和划船的好本领。

他出生于龙舟世家，高祖父陈鸿是龙舟制作的一代名匠，爷爷陈裕良年轻时是荔枝镇龙舟队的领桨手和队长，被尊称为"大力年"的爸爸陈庆年接过爷爷手中的龙舟桨，成为了龙舟队的第二代队长。陈梓恒十岁就开始跟着爸爸去扒龙舟，在一众壮汉的龙舟上，他这样一个瘦小的身影如同鹤立鸡群，常常吸引岸上观者们充满好奇和鼓励的目光。

刚才梓恒龙舟起桡时由于走神，急急地下水划桨，一时之间竟将爸爸教过他的龙舟起步技术丢在脑后。两年前的端午节前夕，镇上所有的龙舟健儿都在热火朝天地训练备赛，他也嚷嚷着要参加。爸爸告诉他，学扒龙舟一个很重要的必经阶段是练好起桡，准确地说，是要清楚认识到龙舟起步时力量与速度的关系。

爸爸的话犹在耳边："龙舟比赛看似只需埋头发力划桨，但实际上要讲究技巧，不能用蛮力，要掌

第一章 选拔风波

握扒龙舟的要领,这样才能在龙舟比赛中少走弯路。特别是龙舟起步技术,具体要点概括起来就是六个字'下桨狠,拉水实'。起步时不要第一时间加桨频①拉速度,而应先顶力量,前面几桨要拉得长、拉得实,船速起来一点儿,再加桨频,这样才会事半功倍。"

不过,此刻意识到起桡技术这个问题,为时已晚了,因为他的小龙舟已划过前面 30 米的起桡阶段。

但梓恒还是渐渐冷静下来,他也不理这么多,只管用尽全力去划动龙舟桨,心里有节奏地默念着"嘿哟嘿哟",为自己加油。

"大哥,加油!"

是妹妹陈静恩。原来这个小丫头竟然沿着河岸一路追着陈梓恒的龙舟跑。

陈梓恒瞥了岸上一眼,发现在她身旁还有一个熟悉的身影。

"梓恒,加油!"

---

① 桨频:即划桨的频率。

梓恒的手臂仿佛生出新的力量，源源不断，桨频也开始明显加密许多。

他逐渐进入状态，找到了往日的节奏，凭借后半程的耐力和爆发力，他渐渐逼近前面两名选手，与第一名相差大约两条龙舟的距离，与第二名只相差一个船位。

马上就要冲线了。终点的龙门有两条高高立出水面的竹篙作标记，三位计时员坐在旁边的船上。

最后冲刺那一刻，梓恒龙舟的龙头终于超越第二名，以一个"龙鼻子"的微弱优势，率先冲过龙门。

可是，梓恒一点儿也高兴不起来，因为竞争太激烈，每个小组的第一名才有资格进入下一轮选拔。这意味着排第二名的梓恒被淘汰了。

这次选拔划行距离250米，这个3人的小组，第一名用时2分50秒，比梓恒少2秒，等梓恒看清楚他的样子时，才发现他就是隔壁村大名鼎鼎的扒龙舟好手——人称"水牛仔"的刘伟浚。他比梓恒大一岁，读初二，全身黝黑黝黑的，手臂上的肌肉在日光

## 第一章　选拔风波

下闪闪发亮。

听到计时员报秒数那一刻,梓恒一下子就像泄了气的皮球一样无精打采。

岸上的静恩和诗颖也没有了神气,虽然她俩比赛前就已预感到这次选拔的结果,毕竟梓恒自从经历了那件对他人生打击极大的事情之后,已有足足三个月时间,没有训练过扒龙舟。不过,等到此刻遗憾落选的结果实实在在摆在面前时,她俩还是或多或少感到惋惜和沮丧。

按照镇上龙舟队选拔的传统风俗,输了的队员不能坐船回岸边,必须自己下水游回来。这是一种鞭策,也是一种激励,意在让落选的选手正视差距,再加把劲训练,勤勉笃行。

"咕咚",梓恒从小龙舟上纵身一跳,潜入水中,先是蛙泳,然后浮出水面,用自由泳的姿势游向岸边。此刻,他的心里五味杂陈。埋怨?自责?遗憾?失落?连他自己也不清楚。

他边游边回想刚才的比赛过程,忽然想起来,爸

爸划250米这个距离，最好的成绩是2分钟以内；爸爸的队友曾志成叔叔也很快，在2分03秒左右，自己与他俩相比，还有漫长的路要走啊；而这次与小组第一名的刘伟浚相比，虽然只落后2秒，但实际已反映出重视程度、竞技状态以及自身实力等方面的巨大差距，可以说这是一场全面的溃败。最重要的是，这是一场自己没有准备的仗。

陈静恩看着哥哥，很是心疼，让落选选手自己游回来，这样残忍的规则，到底是谁定的呀？！

当周诗颖看到梓恒游泳时若有所思的样子，她反而放下心来。其实这次拉梓恒来参加选拔赛，正是她的主意，是她和静恩帮他报了名，因为她不想看到这个同桌继续消沉下去。

诗颖希望梓恒能尽快从生活的阴影中走出来，变回曾经那个阳光开朗的少年。她心想梓恒应当会总结这次选拔比赛的得与失，毕竟他刚才在比赛中后程一路狂飙，足以证明他并非如赛前所言那样，仅仅是因为答应妈妈而来赛完这一场，而是他自己内心也想能

够通过选拔,光荣地加入镇上首支少年龙舟队。

快到岸的时候,突如其来的喧闹声让梓恒蓦然一惊,他仰头望去,看见一群人正围在榕树下通告栏的记分榜前。紧接着,只见静恩和诗颖从人群里挤出来,朝他飞快地跑来,就像两只扑棱着翅膀的小鸟。

"大哥,是你第一!"

梓恒远远地就听到了大嗓门儿的妹妹的话。

他不由得一惊,明明自己慢刘伟浚2秒,怎么变成第一了呢?他一阵纳闷儿。

等他上了岸,周诗颖赶紧掏出一条毛巾抛给他。

没等梓恒擦干头发,急性子的妹妹就迫不及待地解释说:"大哥,原来选拔赛还要算体重,你112斤,达到120斤以内的标准;而伟浚哥哥126斤,按照选拔赛规则,超过120斤每多1斤就加0.5秒,伟浚哥最后成绩要加多3秒,变成2分53秒,而你是2分52秒,所以恭喜大哥,你被选上啦!"

梓恒被妹妹欣喜若狂的神态感染了,他哭笑不得,有点儿害羞地搔搔头发。他这才想起来,爸爸以

# 第一章　选拔风波

前组织村里龙舟队大人桨手选拔，也是超过 140 斤就要加秒数的。因为龙舟比赛时，船上运动员的总重量相当于船体的载荷，越轻才有可能划得越快，特别是竞争激烈的大赛，冠亚军之间用时往往仅仅相差毫厘，而减轻船上负荷，会更有优势。

"梓恒，恭喜你入选少年龙舟队！"诗颖激动地祝贺道，她笑靥如花，脸上露出两个浅浅的梨涡。诗颖是梓恒班上新来的插班生，她为了照顾突然中风的奶奶，五月份跟随爸爸周长亮从生活了十三年的香港搬回了荔枝镇。

梓恒不好意思地又摸了摸头。

"谢谢你。"他对诗颖说道。三个月来，他第一次对诗颖说出"谢谢"这个词，他的脸上也第一次重现出开怀的笑容，在眼中笼罩了整整三个月的阴霾，此时仿佛也一扫而光了。

这时候，起风了。夏天的风轻轻地吹过埠头上那棵百年榕树密密麻麻的枝叶，轻轻掠过荔枝涌碧绿的河水，也轻轻拂过梓恒帅气的脸颊。而此刻，一个小

小的梦想，正在他的心湖里迎风飘荡：我要加入荔枝镇少年龙舟队，接过爷爷和爸爸的龙舟桨，像他俩那样成为领桨手，实现爸爸未竟的心愿——将荔枝镇的传统龙舟划出荔枝涌，划出西江，划向五湖四海……

盛夏八月这个蝉声嘈杂的午后，在经历了一场龙舟选拔赛风波之后，一位少年龙舟梦想的种子就此萌芽。此后的一年甚至更远的未来，他将永远记得这个虚惊一场与跌宕起伏的

# 第一章　选拔风波

夏日午后。少年心底深藏的梦想与热血，还是如愿被彻底点燃了。

　　只是，在某个夜阑人静的不经意时刻，他还是会回想起三个月前那段心如刀割的黯淡时光……

# 第二章 寻龙记

"东坡仔"唔见咗（粤语，不见了）！

梓恒正在陈氏大宗祠观看"龙眼点睛"仪式，听到三叔公跑进来讲这个消息时，他心里骤然咯噔了一下。

荔枝镇有两条百年老龙，一条是满员七十二人的大龙"东坡"，另一条是十二人的小龙，被乡亲们亲切地唤为"东坡仔"。两条老龙舟都是荔枝镇的流动图腾，和族谱、祠堂一样是村民心中传统的神明与荣耀，如果"东坡仔"真的不见了，实乃不啻惊雷。

梓恒看见爸爸陈庆年一把放下手中捧着的龙头，

## 第二章　寻龙记

大步走出祠堂。"仲有一边未点哇（粤语，还有一边没有点啊）……"二伯公提着毛笔踉踉跄跄跟出来说道。红色的墨汁点点滴滴蜿蜒伸展，恰似一条伏地起舞的红火龙。

梓恒一边挥手一边大声喊："爸爸，爸爸，等等我。"等追到河边，他发现爸爸早已跳上独木龙舟，三两桨功夫便不见了踪影。

陈庆年以扒龙舟比赛最后冲刺的速度挥桨击水，所经之处，碧浪滔天。

快到"藏龙"的河涌了，陈庆年的独木龙舟速度太快，眼看就要撞上伫立在水里的众人——七八个光着膀子的龙舟桨手。就在这千钧一发之际，

陈庆年麻利地变换握桨姿势,调整入水角度和深度,褐黑色的龙舟桨旋即垂直插进水中,只听"噗噗噗"三声,一个漂亮酷帅的"龙舟急刹",船头稳稳当当地停在龙舟桨手们跟前一米处。

阵阵喝彩声和鼓掌声,响彻在荔枝涌农历四月初八上午八点一刻,原来岸上早已站满了人。他们都是荔枝镇的村民,一部分是原先准备来观赏"起龙"仪式的,另一部分是听说"东坡仔"突然不翼而飞,震惊之余都赶来探个究竟的。

"农历四月八,龙舟到处挖",今天本来是"起龙"的好日子,在河底沉睡了快一年的龙舟,将会在鞭炮声中被唤醒。但谁也没有想到,埋在河涌淤泥下近三年的老龙舟,在这一天竟然消失了。

"到底发生了什么事?"陈庆年边下船边问。

刚问完,他马上就感觉到了异样。

是水!

往年起龙时一般淹没到膝盖,最深也不会超过大腿的河涌水,今天竟然涨到半腰上;往日平缓如镜的

## 第二章　寻龙记

河面，今天却水流湍急；而河水的颜色，也不是往常清澈的碧绿色，而是浑浊的褐黄色。

主持了几十年"起龙"仪式的阿祥伯没有说话，他蹲在岸边抽了几口大碌竹①，望着哗啦啦流去的河水，摇了摇头，叹息了几声。

阿祥伯记得三年前的农历六月，自己亲自带队到这里"藏龙"②，将老龙舟"东坡仔"埋在倒数第三棵水杉下的这处河涌，位置决不会错。河面上四根用作标记的长竹篙，虽然被大水冲走三根，但尚有一根忠诚又倔强地随风飘摇着。

这条老龙"东坡仔"是传统古龙舟，与其他用松木、杉木做的新式龙舟不一样，它用密度和硬度都极高的坤甸木③制成，为了防止烈日暴晒，每年赛完龙

---

① 大碌竹：即用粗竹竿制成的水烟筒。
② 藏龙：为防止龙舟船身日晒雨淋受损，每年比赛结束后将龙舟埋藏于河底的一种保养方式。
③ 坤甸木：一种产自印度尼西亚加里曼丹岛等东南亚区域的特殊木材，结构细匀，材质硬重，强韧耐腐，抗蛀力强，且不怕潮湿，岭南的传统龙舟多用坤甸木制成。

# 龙舟少年

舟后,阿祥伯都会组织队员将其埋在河涌底下的黑色淤泥里。用这种"藏龙"方式保养的老龙舟历经百年甚至数百年都不会损坏腐烂。

一个皮肤黝黑、身材健硕的赤膊青年蹚着水走过来,他拍拍陈庆年的肩膀,说:"年哥,我尽晒力啦(粤语,我尽全力了)。昨夜的'龙舟水'①落得太猛,河水疯涨,估计是大水把河床下的龙舟冲走了。没有挖

---

① 龙舟水:岭南地区端午节前后的一种大范围强降水现象。

## 第二章　寻龙记

到'东坡仔',水太深,兄弟们顺着河涌,一直潜水到西江交汇处,都没有找到……"

不知为何,陈庆年此时却突然想起,小时候父亲陈裕良翻着陈氏族谱对他说过"东坡仔"的来历,他至今仍记得清清楚楚:这条龙舟建造于清光绪三十四年(1908年),迄今已有近一百二十年历史,它的制作者正是陈庆年的曾祖父——清末一代龙舟制作名匠陈鸿。而龙舟的名号,则来源于村东头的"东坡亭"。相传九百多年前,同样是像此时一样的农历四月光景,苏东坡被贬谪琼州,途经西江鹤山段时,正值"龙舟水"大作,河水暴涨,苏东坡便选择在此处泊船登岸休憩。父亲的这段讲述,陈庆年从小就一直铭记于心,老龙"东坡仔"对他来说意义非凡。

"东坡仔"到底去了哪里?

真的是被"龙舟水"冲走的吗?会不会被外人挖走了呢……所有的可能都在陈庆年脑海里一一掠过。

他的双眼一直盯着浑浊的河涌水,这时,一阵来历不明的风吹落了水杉树一根枝条,刚好掉在陈庆年

跟前，荡起一圈涟漪。他猛然回过神来，说："我再找找。"

话还没说完，他就扎了个猛子，倏地潜入水里。河面噗——噗——噗地冒了几个心急如焚的泡泡。

刚才站在陈庆年身边的龙舟桨手曾志成都来不及拉住他。河水太急，曾志成怕陈庆年独自去找龙舟会有危险。

陈庆年是荔枝村龙舟队的队长，担任"头桡"，也就是领桨手，坐在所有龙舟划手的第一位，而曾志成则是副领桨。他俩带领荔枝村队连续几年都获得了镇上传统龙舟赛的冠军。只是去年的比赛结果有些出人意料，隔壁的龙眼村队以一个"龙鼻子"的微弱优势赢得了第一名。不过，后来据说是因为他们私自请了西江对岸南海九江回来的职业龙舟桨手。陈庆年憋了一年的气，今年誓要重新赢回来。况且曾志成还十分清楚，陈庆年认为"少年强则龙舟强"，他满怀梦想准备筹建镇上第一支少年龙舟队，需要用到十二人的传统老龙舟，而此时老龙舟"东坡仔"却突然失踪，

## 第二章 寻龙记

曾志成知道这对队长陈庆年意味着什么。曾志成不敢怠慢,赶紧叫上龙舟舵手何平,爬上陈庆年的龙舟去追他。

河岸上的村民,也跟着水流的方向朝下游走去。一个穿着长袖高领衫的二十来岁的男青年跑在队伍最前面,他高举一把黄色葵扇,手舞足蹈地边唱边跳,嘴里咿咿呀呀不知说些什么。他也是荔枝村的村民,人称傻福,有人说他傻,又有人说他装疯卖傻。河边一位十三四岁的少年却丝毫未动,他自始至终定定地站着,后来似乎想起了什么,忽然往人潮相反的方向狂奔。

# 第三章 爸爸，爸爸

那位像风一样向村子里奔跑的少年，名叫叶航。

他是梓恒的同校同学，读初二。他径直跑到梓恒家所在的巷子，用力推开陈家院子的坤甸木大门，"嘎吱"的响声，惊飞了大镬耳墙上几只斗嘴的麻雀。

叶航进来时，梓恒正在荔枝树下的麻石台上写作业。早上在陈家祠堂看龙舟"龙头点睛"仪式意犹未尽，因为当时爸爸临时出去找龙舟，他只好怏怏不乐地独自回家了。

"你爸游……游水……去找'东坡仔'啦！"叶航双手叉腰，说得上气不接下气。

"啊?他不是扒了龙舟去吗?"

"因为老龙舟有可能在河底被冲走,所以得潜水去找。"

梓恒听叶航说完,心里一凛,一种不祥的预感随之涌上心头。老龙舟"东坡仔"是镇村之宝,更是家族祖传的荣耀,以爸爸执着又倔强的性格,他找不到肯定不会罢休的。

梓恒一把拉上叶航的手说:"走,带我去!"

等两人跑到藏老龙的河涌时,一个穿长袖高领衫的人扑面而来,他们差点儿撞了一个满怀。

是傻福。

"福哥，见到我爸没？"

傻福双手合并，做了一个潜水的动作。没等梓恒和叶航反应过来，他纵身一跃，跳入了水中。

两人在岸上看得目瞪口呆。傻福手脚不协调，他可不会游泳，这家伙要去干吗？

梓恒正想下水去救他，叶航拉住他说："没事，水不是太深，之前我看见志成哥下水找龙舟，水到腰部而已。"

傻福在水里踉跄了一下，喝了几口水，嘴里不知在说些什么。

"福哥，站起来呀！"梓恒大声喊道。

傻福慢慢起身，朝埋藏龙舟的水杉方向蹚水而去。

他究竟想要干吗呢？就在两位少年纳闷儿之时，只见傻福走到先前藏龙舟的地方停了下来。

他的面前，是一根原来作"藏龙"标记的长竹篙，其他三根都被大水冲走了，这根是唯一的幸存者。

傻福咬牙切齿地使劲拔起这根竹篙，走向岸边。

## 第三章 爸爸，爸爸

等梓恒和叶航把他一拉上岸，他就将竹篙扛到肩膀上，笑嘻嘻地朝他来时相反的方向大踏步走去，那神态活像一位光荣的战士扛着长枪，雄赳赳气昂昂地准备上战场。

傻福拿竹篙去干什么？

无论两位少年怎么问，他就是一句话也不回答，只顾朝前小跑。这家伙一年四季都不穿鞋，光着黑黑的脚板，在杂草丛生的河堤上疾步如飞。

梓恒和叶航不明就里，也只好紧跟着他。梓恒望望前方，那是荔枝涌河水通往更宽阔的大江——西江的方向，他的心不由得一沉。

一路上，岸边和河里都没有人，跑了一刻钟之后，忽然听到人群的喧哗声。梓恒往前一看，岸上的人已经围了几大圈了，河里也有不少人在指指点点地低头寻找着什么。已经到达小河与大江的交汇处，水流顿时变得异常湍急起来。沿着这条河涌，再往前走到尽头，外面便是江水滚滚奔腾的西江了。

"年叔不见了！"曾志成告诉梓恒。

虽然心里隐隐约约早有思想准备，但志成哥亲口宣布的这条坏消息，对于梓恒来说依然如电闪雷鸣，将他的脑袋炸得嗡嗡作响。

他脚下一软，蹲了下来，泣不成声。

"我们已经向派出所报警了，镇政府的搜救船马上就到。"曾志成拍拍他的肩膀安慰道。

这时，一个人影突然飞快地从人群中穿过。

梓恒抬头一看，只见傻福扛着刚才那条长竹篙，沿着西江边的防波堤朝下游飞奔而去，走到拐弯处他一个转身，竹篙的尾部差点儿刮倒旁边几个村民。

梓恒站起来，也朝江边走去。正是涨潮时分，往常平心静气的西江水，此时却变得浊浪滔天，江水几乎淹没了河边低洼处不知哪个渔民种下的几棵香蕉。站在防波堤上，梓恒清楚地听到脚下惊涛拍岸的巨响。

他感觉自己的心凉了半截，爸爸凶多吉少的不祥预感又一次袭来。

爸爸，爸爸，你在哪里啊？梓恒的心里默默地念

## 第三章 爸爸，爸爸

叨着、呼喊着。

一声汽笛响起，一艘挂着五星红旗的搜救船徐徐驶过。

梓恒远远地看见船头的甲板上，站着一高一矮两个熟悉的身影。

是妈妈叶晓云和妹妹陈静恩。

梓恒想起来，妹妹今天上午去镇上的青少年宫上课，妈妈一直陪着她。妈妈一开始应当不知道"东坡仔"不见了的事，估计是后来爸爸因为寻找龙舟失踪了，乡亲们才通知她的。

"妈妈！妈妈！"梓恒一边拼命挥手一边朝江上大喊。

但是妈妈和妹妹一直凝望着船航行的方向，似乎并没有看见防波堤上的他。梓恒望着搜救船渐渐远去的背影，心中生起几许彻骨的悲凉。

妈妈和妹妹是黄昏时才回到家的。

梓恒端着一盘热气腾腾的菜从厨房走出来，他看见妈妈脸上露出一丝欣慰的神色。

## 第三章　爸爸，爸爸

但是妈妈看上去十分疲惫，眼睛红红的，脸色苍白如纸。妹妹眼角的泪痕在灯光下若隐若现。

梓恒招呼妈妈和妹妹坐下来吃饭。这是他十三年来第一次自己做饭。不过，他去盛饭的时候，才发现米饭并没有像妈妈煮的那样干爽松软，而是有点儿"烂"，像稠稠的粥一样。他今晚做了一道番茄炒蛋，但吃起来却太咸了。

可是妹妹并没有理会那么多，她大口大口地吃着，这小家伙今天在外奔波一天肯定饿坏了。

妈妈没有怎么动筷子。有那么一会儿，梓恒看见妈妈别过头，偷偷地抹眼泪。

梓恒扒了几口饭，也吃不下了。妈妈夹了一块鸡蛋放进他碗里，这一下，梓恒刚才拼命忍住的泪水，顿时夺眶而出。他的心里仿佛堵了一块白色的石头。

五月初的夜晚，凉风吹拂过整个荔枝镇，在这间岭南传统大镬耳屋里，梓恒一家三口紧紧地抱在了一起。

# 第四章 插班生

就在梓恒为爸爸失踪的事情伤心难过的时候，他还不知道，一个从香港归来的女生，即将为他这个灰色之夏带来不一样的色彩。

五月骄阳似火，天气一天比一天热。星期六的午后，一声闷雷突然从遥远的天边滚滚传来，乌云很快就遮住了烈日。马上就要下大雨了。

梓恒坐在村头榕树下的石凳上，似乎在看着脚下一队行军般的蚂蚁出神，又似乎什么都没看。

他抬起头，远方的天色半明半暗，他觉得像极了自己忧伤悲痛的心情。他感觉自己忽然之间一下子长

## 第四章　插班生

大了许多。

但就是有一点，他自始至终都不明白，或者说，他不想明白：爸爸为什么要冒着生命危险去找失踪的老龙舟"东坡仔"？

他多希望这一切只是一场噩梦。但是，这不可能了，因为此时此刻，甚至在刚走过的这三十多个日日夜夜里，他始终清醒地感受到那种心如刀割的痛。

雨，哗啦哗啦地下起来了。豆大的雨珠，透过榕树叶子的层层缝隙，滴落在他的头上、脸上，一滴又一滴。

他没有去擦，只是凝望着这无边无际的雨帘，心底蓦然生出几许感伤。

雨越下越大，他定定地看着远处荔枝涌里的河水，早已满脸泪花。

这些日子，他告诉自己，一定要坚强，不能在妈妈和妹妹面前哭，一次又一次，他压抑住自己内心的悲痛。但今天，在这夏日的滂沱大雨中，他不禁放声痛哭。

两把撑开的雨伞，一蓝一粉，从不远处的拱形石板桥款款而来。

近了一些的时候，梓恒才看清是一个身材魁梧的中年男子带着一个高高的女生，一人拉一个旅行箱。那个女孩的模样似乎在哪里见过，但梓恒怎么也想不起来她是谁。

他用手背擦去眼角的泪水。

两人经过梓恒身旁的时候，女孩顿了顿，停下来，将手中的雨伞递给他，说："Hello，这把伞给你。"

梓恒抬起头，看见一张清秀的脸庞，那种发自内心的真诚使他似乎没有理由拒绝。他条件反射地连连摆手，说："不用，不用。"

女孩见他全身都湿了，就把粉色的雨伞一把塞到他手里，没等他反应过来，她就已钻进旁边中年男子的伞下。

"诶，你——"梓恒拿着伞，还想说些什么。

"我叫周——诗——颖。"女孩头也不回地说道。

周诗颖？一股暖流涌上梓恒的心头，他默默记下

## 第四章 插班生

了这个和自己年纪相仿的高个儿女孩的名字。

一阵风倏然吹过,一缕淡淡的发香,隐隐约约地飘进梓恒的鼻中,他不禁轻轻吸了一口气,似乎闻到了栀子花的芬芳。他定定地望向女孩的倩影,这才发现原来她有一头黑色的秀发,头上还戴着一个白色的耳机,一条高高的马尾辫在脑后一甩一甩的,煞是好看。她的背包上挂了一个米奇小布偶,像荡秋千一样在来回摆动。梓恒忽然发觉,她是如此气质不俗,和镇上的女生完全不一样。

隔日清晨,梓恒上课时,发现他的座位旁边多了一张桌子。

他在荔枝学校初一(2)班,班上45人,他一个人坐一张桌子。

上课铃响了,班主任梁老师走进教室,她的身后还跟着一个扎着高马尾的高个儿女生,她的书包上挂着

一个米奇小布偶。梓恒定睛一看,不由得惊呆了。这不就是前天送伞给自己的那个女生吗?叫周什么,哦对,周诗颖!

梁老师介绍说:"今天我们班上新来了一位同学——周诗颖,她从香港转学到我们学校……"

香港来的新同学!底下的学生开始议论纷纷,随后不约而同地噼里啪啦鼓起掌来。

怪不得感觉她不一样。梓恒好像明白了些什么,低声喃喃自语。

等到梁老师安排周诗颖在自己身旁的桌子坐下时,梓恒不禁感到有些尴尬和害羞。

诗颖倒是很大方地望着他,点点头,说:"Hello,以后多多指教。"

梓恒先是迟疑了一下,不知说什么好,他也点点头,脸唰地一下红了。

周诗颖为什么会从香港回到咱们荔枝小镇念书?

对于这个问题,同学们都很好奇,梓恒也不例外。

后来,他在与诗颖的交谈中了解到:原来那个星

## 第四章 插班生

期六的午后,他看见陪她一起从雨中走过来的人正是她的爸爸,名字叫周长亮。她的祖籍就是荔枝镇,爸爸妈妈很多年前到香港做陈皮生意,她在香港出生,不过妈妈在她小时候因病去世了。前段时间,因为留在镇上的奶奶阿英婆婆突然中风,她的爸爸,最后决定搬回荔枝镇。一方面,方便他们照顾病中的阿英婆婆;另一方面,也是由于受到镇政府邀请助力"陈皮文化特色镇"建设,同时推广国家级非遗"新会陈皮炮制技艺"。所以,她就跟着转来这里上学了。

对于这个同桌,梓恒可谓"又爱又恨"。

本来因为送雨伞的事情,他对诗颖颇多好感,第二天早上,他就将那把粉色的雨伞带回了教室。

梓恒说:"谢谢啦,还给你。"

诗颖咯咯地笑了,她接过伞,递给梓恒一张从草稿本上撕下的纸条。

梓恒打开一看,是幅速写画,画中一名少年独自站在雨中,忧郁地望着远方。梓恒只觉身子一抖,不知应感激还是指责。

诗颖问他:"你为什么这么忧郁?"

梓恒抿了抿嘴唇,没有说话。其实,他并不是不想回答这个问题,而是不知该从何说起。

诗颖说:"梁老师已经告诉我了。我想也许你的爸爸已经找到属于他的老龙舟,龙舟变成了蛟龙,他正乘着那条蛟龙去他向往的地方呢。"

梓恒大吃一惊,他第一次听到有人这样跟自己说起爸爸失踪的事情。他仔细回味着她刚才这段充满哲理的话,仿佛忽然悟到了什么。是啊,也许真的就像她说的那样,爸爸只是在追寻他的理想呢。

想到这里,他的心里突然感觉好受多了,诗颖的话似乎彻底抚慰到了他那颗受伤的心。

梓恒望向诗颖,看见她一双水灵灵的大眼睛闪烁着亮亮的光。他别过头,眼里不觉湿润了。

可是,好景不长,同桌的第三天,一堂英语课却让梓恒出了洋相。

梓恒喜欢英语,在所有科目中,英语成绩是最好的,每次考试他总是班上第一名,教英语的Susan

## 第四章 插班生

老师最喜欢请他回答问题和朗读课文。

第一节英语课,梓恒照例站起来朗读新课文的第一段。他读完刚坐下来,Susan老师说:"陈梓恒同学刚才有个新单词发音不准,有哪个同学听出来了?"梓恒身旁的诗颖举手站了起来,她字正腔圆地朗读了一个新的发音,并且把刚才梓恒读错的那个句子,重新朗读了一遍。

梓恒一惊,感觉自己的脸颊和耳朵都在发烫,之前还从来没有人这样当着全班同学的面指出自己的错误。他望向Susan老师,却听见她说:"周诗颖同学说得对,这个单词陈梓恒同学读错了,不过这个是生词,这节课我正好也想给大家重点讲一下它的正确发音和用法。刚才周诗颖同学读的是美式发音,下面我再给大家示范这个生词的英式发音。"

Susan老师说完,同学们齐刷刷地向诗颖投去赞许的目光。

梓恒是一个自尊心很强的人,他恨不得找一条地缝儿钻进去。对于这位新同桌,他一方面对她刮目相

看,另一方面心里也有嫉妒的感觉。

从此,梓恒和诗颖在英语学习上暗中较劲。一个星期以后,英语单元测验,以往每次都是考第一的梓恒,这次成绩被诗颖超越了,他比她少1分。

同学们又一次议论纷纷,香港回来的同学就是不一样。

当梓恒也意识到这一点的时候,他感觉到自己的心里略微好受一些了。不过,他还是把诗颖当成一个侵入他领地的冒犯者。

酷热的七月到了,荔枝镇处处洋溢着来历不明的香气。诗颖走在放学回家的路上,她深吸了一口气,感觉连空气中都弥漫着果香浓郁的甜味。过了村头那棵如同树神一样的百年老榕,村道两旁种满了同一种奇特的果树,上面结满带刺的巨大果实,样子有点儿像自己最爱吃的榴梿。这种果子比榴梿还要大上一两倍,大多吊在树枝上或树干根部,还有的长得实在太大了,干脆直接躺在枝丫处,活像一个个穿着黄色毛衣的懒洋洋的胖宝宝,那模样倒是十分可爱。

## 第四章 插班生

她站在树下,深深地嗅了一下,这才后知后觉,原来飘荡在小镇上的香气正是来自这种她从未见过的果树。

经过梓恒家时,她看见院子里也种有同样一棵,硕大的果子挂满整棵大树。她仔细一看,原来树上还有一个人,是梓恒。他抱着一个大大的果子,就像怀里抱着一个婴儿。

他也发现了从树下经过的诗颖,本来不想叫她,不过还是用眼神跟她打了招呼。这会儿,他还需要一个帮手,因为妹妹只顾看动画片,根本没时间理大哥。

诗颖发现梓恒刚才转身时,手上的大麻布袋被树杈拽了一下,掉落在地上。诗颖没等他开口,就走过去捡起袋子踮起脚尖递向他。

梓恒往下爬了几步,伸手拿过麻布袋,他示意诗颖移开一点儿。他左手怀抱着果子,右手用刀把果子连着树干的茎砍断,然后将它放进袋里,瞄准地上满是厚厚泥土的地方,轻轻抛下去。

梓恒告诉他,这就是荔枝镇八月的节令水果。从

第四章　插班生

五月的荔枝，六月的黄皮，到七月的龙眼和菠萝蜜，整个夏天，小镇的时令佳果源源不断。随后，诗颖第一次亲眼目睹了如何劏<sup>①</sup>开这果子，也品尝了人生中第一片这么新鲜的菠萝蜜。她这才知道，这就是镇上人们这段时间常挂口中的"大树菠萝"。这种极其特别的香气、甜味和口感，一口咬下去，简直一生难忘。

这时，一个扎马尾辫的小女孩从里屋走出来，或许她是闻到了菠萝蜜特有的香味，又或许是听到了一个特别的声音。

她一看到诗颖，就蹦蹦跳跳地跑过来，一把拉住

---

① 劏：粤语，即切开，读 tāng。

诗颖的手，一个劲儿地说："诗颖姐，诗颖姐！"

与梓恒对诗颖不冷不热的态度截然不同，荔枝学校自从来了这位香港插班生，她一口纯正的香港口音，几乎把初中部和小学部全部女生都迷住了。梓恒妹妹陈静恩也不例外，她很喜欢诗颖姐姐，特别是知道她与哥哥梓恒还是同桌后，就常常缠住哥哥问："诗颖姐今天穿了什么样的裙子？戴了哪种颜色的发夹？"甚至有一次她竟然还问起是用哪种洗发水，每次都弄得梓恒哭笑不得。

一个月后，梓恒将会回忆起这个悲喜交加的夏天，回忆起这个并不遥远的七月，一个香港来的插班生同桌，"随风潜入夜，润物细无声"地影响着他，改变着他。

但此时的梓恒尚不知道，一场属于他的心灵风暴，即将呼啸而至。

# 第五章 姐姐

自从上次诗颖来院子里吃菠萝蜜后,她和妹妹静恩竟然成了无话不谈的知心朋友。

诗颖来家里找静恩玩的次数越来越多了,特别是放暑假了,这两个年龄相差两岁的丫头,老是腻在一起玩。

一天傍晚,诗颖和一个身材高大的中年男子来到梓恒家。

梓恒认出来了,他是上次下雨在榕树下见过的那个叔叔,应当就是诗颖的爸爸。可是,他来家里干什么呢?

就在梓恒疑惑不解时，还系着围裙的妈妈，从厨房里赶出来："老同学，欢迎，欢迎！"

原来是妈妈邀请了诗颖和她爸爸来吃晚饭，诗颖爸爸是妈妈以前的同学。

静恩也跟着迎出来，她一看见诗颖，两只大眼睛就像发了光似的，开心得直拍手。她拉住诗颖就往她的小房间走去，边走边在诗颖耳边说着悄悄话。

只有梓恒呆呆站着，一时之间不知说什么好。

妈妈说："恒仔，快叫亮叔。"

梓恒叫了一声，诗颖爸爸摸了摸他的头，跟着妈妈走进厨房。梓恒看见他的手里拎着一个外卖盒。

晚饭时，诗颖爸爸将一个烧鹅腿夹到梓恒碗里，说："恒仔，听你妈妈说，你很喜欢吃古井烧鹅，我今天特意到镇墟最正宗的烧鹅档口买回来的，快趁热吃。"

梓恒谢过他，可是筷子却没怎么动。

诗颖爸爸又夹了一个烧鹅腿给妹妹静恩，这小丫头可不客气，谢过之后，直接大口大口地吃起来。看

着她吃得津津有味的样子,诗颖心里也乐了,拿起纸巾帮她擦去满嘴油腻的烧鹅汁。

梓恒妈妈也夹了一块鹅肉塞到诗颖碗里,说:"小颖,快试试家乡的烧鹅与香港的味道是不是不一样。"

诗颖吃了一口说:"还是家乡的味道好,皮更脆,肉更香,汁更甜。"

诗颖爸爸说:"这是因为荔枝镇的烧鹅,都是用陈年荔枝木明火烧出来的,有一种特别的荔枝香。对了,恒仔,你这么喜欢吃烧鹅,那我考考你,你知道烧鹅左腿好吃还是右腿好吃?"

梓恒一怔,吃了烧鹅这么多年,这个问题还从来没有想过呢。烧鹅左腿和右腿有什么区别,味道不都一样吗?他心想,这个亮叔葫芦里卖的什么药?

他随便选了一个答案,说:"左腿。"

"啪",只见诗颖爸爸一拍大腿,说道:"看来恒仔不愧是小小美食家,这都能答上来!做烧鹅用的是两三个月大的乌鬃鹅,这种鹅睡觉时是单腿站立的,用左腿撑住身体,就因为经常这样锻炼,所以烧鹅的

## 第五章　姐姐

左腿有更多肌肉，肉质就更紧实，口感更好。恒仔，我刚才夹给你的可是烧鹅左腿，你一定吃出来了吧。"

梓恒的脸唰一下红了，他根本不知道这个冷知识，还好诗颖爸爸有意帮他圆场。

静恩拍起手掌说："哇，原来大哥这么聪明啊！"

诗颖看她笑了，自己也咯咯地笑着。可是，她整晚都不望梓恒一眼，也没怎么跟他说话，饭桌上她坐在静恩旁边，两个女生似乎自始至终都在交头接耳说着什么。

梓恒也不看她，他想起这次期末考试，诗颖的英语又是全班第一名，比他多2分。自从诗颖来了以后，他就从以前那个常胜将军变成了"千年老二"，他至今还不服气着呢。

"姐姐，姐姐！"

诗颖第二天上午来找静恩玩，两人亲密得如同姐妹。

诗颖摸了摸静恩的头说："诶，妹妹！"

梓恒刚好走到院子里，一看见诗颖，就转身掉头

准备回里屋。

诗颖叫住他,说:"你也该叫我姐姐啊,我和你虽然同龄,但我可比你大两个月呢。"

梓恒什么话也没说出来,头也不回地快步走向屋里。

他只听见妹妹在身后说:"我有一个大哥,现在又多了一个姐姐,我太幸福啦!"

诗颖轻轻刮刮她秀气的鼻子,说:"看把你乐的!暑假作业做得怎样了?快拿出来我跟你看看。"

静恩说:"差不多啦,只剩一篇作文没写完,题目是'我的爸爸'。我写到爸爸因为寻找老龙舟'东坡仔'而失踪了,然后下面就不知该怎么写了……诗颖姐姐,你说我爸爸这样做到底对不对……"

诗颖一怔,不知如何回答是好,她想了想,轻轻拉过静恩的小手说道:"静恩,不瞒你说,其实在这件事情上,我觉得你爸爸确实有点儿太冲动,怎么可能为了区区一条龙舟,而不顾自己的生命安全呢?他有没有想过自己这样冒险行动万一发生意外怎么办?

## 第五章　姐姐

你爸爸这样做实在是欠考虑啦……如果是我的爸爸，他肯定不会这样做，他一定会找船厂重新定做一条一模一样的新龙舟……"

此时的梓恒，并没有完全走进里屋，他因为刚刚听到妹妹提到了"爸爸"这两个字，就不知不觉间放慢了脚步。而诗颖对静恩讲起的这番心里话，刚好被梓恒听见了。

梓恒只觉得一股莫名的怒火从心底骤然升起，旋即熊熊燃烧起来，使他感到自己的胸腔似乎快要爆炸了。

"周——诗——颖！你竟敢如此质疑和诋毁我的爸爸！"

梓恒喃喃自语，浑身颤抖个不停，他的内心深处，

仿佛被什么无情地狠狠戳了一下。梓恒再也不想听下去了,他紧紧捂住双耳,大步冲向自己的房间,嘭的一声用力关上门。巨大的响声如同夏日一记沉闷的惊雷,让诗颖、静恩和妈妈心里也跟着猛然震了一下。

到了中午,梓恒妈妈把诗颖留下来吃午饭,可是她们在饭桌上等了好久,也不见梓恒出来。

妈妈敲了几下门,梓恒也没有反应。妈妈叹息了一声,只好让诗颖和妹妹先吃。

梓恒第一次把自己锁在房间里。

他感觉自己的内心充满了矛盾、纠结与煎熬,无法做出一个令自己满意的选择。

梓恒的心里,仿佛垒起了又一块大一些的白色石头。

# 第六章 少年龙舟队

自从爸爸农历四月初八突然失踪后,连续三个月,梓恒就像一条"失魂鱼",游荡在自己一个人的灰色海洋里。

他几乎每晚都会做同一个梦,梦里暴雨如注,爸爸冒雨寻找老龙舟"东坡仔",在河里一直游,一直游。起初,梓恒还能看见爸爸露出水面的头,后来就渐渐看不清了,

无论他怎么揉眼睛,河面上还是什么也没有,只有自己呼喊爸爸的声音在久久回荡着。

他每晚都会在这个梦中蓦然惊醒,由于睡眠质量不好,原本强壮的身体,渐渐变得虚弱起来。

妈妈看在眼里,急在心上。她想了很多办法,但都不见效。梓恒还是不能从爸爸失踪的阴影中走出来。

曾经热爱看龙舟和扒龙舟的梓恒,却因龙舟埋下了一个巨大的心结,他恨龙舟,恨龙舟夺走了自己最亲爱的爸爸。

甚至端午节那几天,荔枝镇几乎只有他一个人躲在家里,度过了一个没有龙舟竞渡的端午。

直到暑假的一天上午,诗颖告诉他:"在哪里跌倒,就从哪里站起来。镇里今年正式成立少年龙舟队啦,这不正是你爸爸未竟的龙舟梦想吗?"少年龙舟队正在选拔队员,十六周岁以下学生都可以报名参加,她已通过选拔考核,成为荔枝镇少年龙舟队的一名鼓手了;还有静恩之前也跟她学习打鼓,这次也被

## 第六章　少年龙舟队

选上了。队里马上要举行第二轮龙舟桨手队员选拔，她希望梓恒能报名参加。

后来诗颖说的另一番话，对梓恒激励甚大。她说："我妈妈在我很小的时候就因病去世了，听爸爸说妈妈很喜欢音乐，因此我没有放弃自己，我一直在追寻自己的音乐梦想，学琴、学鼓、组建乐队，如今也选择参加龙舟队。其实，告慰亲人最好的途径就是实现他未了的心愿。"

梓恒深受震撼，临走时，他对诗颖点了点头。这几个月来诗颖第一次看到了他眼里隐隐约约的光芒。

但由于梓恒几个月没有摸过龙舟桨，并且体能和体力也不在状态，估计划起龙舟来，力量和速度比以前差远了。在一次练习时，诗颖和梓恒妈妈等了很久也没见他回来，后来才发现，他把龙舟一直顺着西江江心划，一直划了下去。或许，他是希望能找到失踪的爸爸，找到爸爸曾经找过的老龙舟"东坡仔"吧。

梓恒想，也许诗颖说得对，告慰爸爸最好的途径，就是用他喜欢的方式来实现他的愿望。此后梓恒开始

疯狂投入训练，提升体能，增强力量，苦练划桨技术。

盛夏八月，在第二轮竞争激烈的选拔赛中，梓恒最终幸运地凭借体重优势惊险出线，如愿加入了荔枝镇少年龙舟队。

参加比赛的龙舟多是十二人龙舟，每次上场是一名鼓手、一名舵手和十名桨手，十名桨手中包括最重要的一名领桨手和一名副领桨。

新成立的荔枝镇少年龙舟队，前后一共选拔了二十名队员，其中两名鼓手，十八名桨手。少年龙舟队的主力以初中生为主，也有几个小学五六年级的学生。读初一的陈梓恒入选为龙舟桨手；初一的周诗颖为龙舟鼓手；小学五年级的陈静恩为后备鼓手及啦啦队队长；初二的叶航为龙舟舵手，他的同班同学"水牛仔"刘伟浚，也递补进了龙舟队，和陈梓恒一同入选为龙舟桨手。

荔枝镇龙舟队的副领桨曾志成担任少年龙舟队的教练，集结的第一天，他让二十名龙舟少年四人一组，每组坐一条五人龙舟。

# 第六章　少年龙舟队

以往少年们都是划"单鸡"①，这种多人同舟还是头一回尝试。

梓恒怎么也没想到，戏剧性的一幕就这样在荔枝涌里上演了。

教练曾志成一声哨响，五组队员纷纷上船，可是不消片刻，五条五人龙舟莫不侧翻入水，队员们全都掉进水里"捉鱼"去了。少年们在水中站起身，面面相觑，哭笑不得，因为个个都变成了狼狈不堪的落汤鸡。梓恒站起来的时候，静恩看着他笑得合不拢嘴，原来他的头发上还挂了一大串绿油油的水浮莲。

曾教练说："这是我给大家上的第一堂课，扒龙舟不但需要力量，还需要头脑和技术；而团体龙舟赛，更需要齐心协力的团队精神。"

二十名少年认真听完，纷纷点头称是。

曾教练详细讲解了"四人同舟"正确的左右手持桡方法：头桡和尾桡同一个方向，中间两个同一个方

---

① 单鸡：即单人龙舟。

向（与头桡和尾桡方向相反），比如头桡左手，第二、第三桡都得用右手，尾桡用左手。如果划累了需要换手，必须要喊口令并且要有默契，四个人需同时调换左右手，这样才不会"落水摸鱼"①。

这次梓恒、叶航、诗颖和静恩刚好分在一组，梓

---

① 落水摸鱼：即龙舟侧翻导致桨手掉落水中。

## 第六章　少年龙舟队

恒在龙舟头，诗颖和静恩在中间，叶航在龙舟尾。四人如饥似渴地听着曾教练的讲授，上午十点的夏日阳光，透过河涌边老榕树那层层叠叠的叶子缝隙，斜斜地照在少男少女们稚气未脱的脸上，影影绰绰，光彩照人。

龙舟少年们按照曾教练的方法重新去练，梓恒那组先上了船，可是只扒了几桨，龙舟最后还是侧翻了，四个人又"摸了一次鱼"，他们只好眼巴巴地望着曾教练。

曾教练说："没事没事，再练十次八次就不会翻了，我第一次也是这样，团体龙舟都是这么扒过来的。"说完这句话，曾教练突然想起，自己像眼前这班少年这么大年纪时第一次扒五人龙舟的情景，他和何平他们几个也一样"落水摸鱼"了好几次，其中一次死党叶伟潮还真的顺势在水里捉了条鱼上来。不过这家伙长大后去英国留学了……

梓恒和叶航合力扶起龙舟，让诗颖和静恩一起坐了上去，在随后的第三次翻船之前，他们这一组已经

可以划上七八桨,比之前又进步了一点儿。

就这样,在这个阳光明媚的上午,龙舟少年们屡战屡败,屡败屡战,每一次都比之前一次进步一点点,快到中午的时候,五条五人龙舟终于能气宇昂扬地稳稳行驶在河涌上了。

在河畔走过的阿祥伯停了下来,他指着诗颖坐的那条龙舟说:"哎呀,哎呀,女仔不能上龙舟哇,这可是老祖宗定下的规矩,破坏不得,破坏不得啊!"

曾教练一脸诚恳地说:"阿祥伯,现在都什么时代啦,'女仔不能上龙舟'那只是一种迷信禁忌而已,如今新时代、新风貌,女仔不但能上龙舟,还可以扒龙舟……"

诗颖也说道:"阿祥伯,在香港早已有女子龙舟队啦,还代表中国参加国际龙舟邀请赛获得过冠军呢!"

阿祥伯听了他俩这么一说,心里好像被什么触碰了一下,他没有再说什么,只是习惯性地叹息了一声。新时代、新风貌,世界是年轻人的,也许这班后

## 第六章 少年龙舟队

生仔、后生女说得对,也做得对,他嘴里嘀嘀咕咕了几句就走开了。

"今天真是上了宝贵的一课呀!"午饭的时候,回忆起刚才的点点滴滴,梓恒不禁感叹道。

曾教练在饭桌上趁热打铁说道:"扒龙舟在我们水乡荔枝镇历史悠久,是中华优秀传统文化的一部分,如今还是国家级非遗。通过今天这第一课,想必大家也切身感受到了,龙舟大有学问,龙舟大有可为。还有,我们特意招了诗颖和静恩两位女生,也是希望传统龙舟文化既有所传承,也有所革新。加油吧,少年龙舟队!"

大家听完,不禁热烈地鼓起掌来,特别是诗颖和静恩。

就这样,荔枝镇少年龙舟队的"龙舟"正式启航了,每天辛苦训练的时光既有汗水,也有欢乐。这天上午,在龙舟训练结束后,不知谁先出的主意,比赛谁抓鱼最多最快。但是大家手头都没有渔网,也没有钓鱼竿,伟浚就想出用团水草的方法来抓;梓恒则灵

机一动,跑到河堤边的养鸡场拎了一个还沾着鸡屎的竹鸡笼回来。

后来伟浚抓到了两条野生黄鳝,梓恒则抓到了两条自投罗网的大鲫鱼。两人为谁赢吵起来,最后诗颖说他俩打了个平手。馋嘴的静恩提议把鱼烤熟当午餐吃,梓恒就去河涌里挖来一些大河蚌,再把黄鳝切块,放在蚌壳里烤。香喷喷的味道惹得大家垂涎欲滴。

叶航提议还可以烤番薯,话没说完他就溜到自家的番薯地里,挖来几根红番薯。在河堤边已收割的稻田里,龙舟少年们用风干的泥块叠了一个碉堡形状的"番薯炉",烤熟的红番薯又香又甜。

# 第七章 鼓手与领桨手

  少年龙舟队的训练每天都在有条不紊地进行着。

  后来梓恒才知道,按照曾教练的说法,镇上一位热爱龙舟文化的企业家号召本地多家大公司老总联合龙舟专业人士新成立了荔枝镇龙舟协会,而荔枝镇少年龙舟队正是由龙舟协会筹建的,平时训练用的龙舟、龙舟鼓、龙舟桨、队服,甚至整个龙舟训练基地所有费用都由龙舟协会提供支持。

  梓恒一开始并没有把这件事放在心上,他这时还没有意识到,龙舟协会这些热爱龙舟文化的低调、热心的神秘企业家,会一直为少年龙舟队保驾护航。

  这段时间，梓恒心里依然有一根无法剔除的刺，那就是每当想起爸爸，内心就会被隐隐刺痛。

  不过幸亏还有龙舟，他发现只需沉浸在自己喜欢并热爱的事物上面，就会忘记种种烦忧。

  八月余下来的暑假假期，少年龙舟队每天下午都会集中训练。曾教练带着二十位队员，五人一组，划四条五人龙舟，在河涌里练习。这条荔枝涌是西江的支涌，水流、水位和水质都非常适合龙舟训练。

  每当这时，就是荔枝涌一天中最热闹的时候。龙舟少年们坐在龙舟上按照曾教练教的方法挥桨击浪，大家的动作越发熟练和统一，激起的白色水花，常常惊动在黄昏的河里休息的鱼儿。梓恒和诗颖所在的小组在最前边，每当划到种满水杉树的河段时，总会有一条银白色鲫鱼从龙舟前方跃出水面。

  "每天这条大鲫鱼都会在这里陪我们训练。"静恩笑着说。

  诗颖提议道："不如给它起个名字吧。"

  "就叫'大白'吧。"坐在龙舟尾的叶航脱口而出。

"大——白,好听,好听。"诗颖点头称是。

"不好不好!"坐在龙舟头的梓恒马上发表自己的意见。

"大哥,那你说叫什么好呀?"静恩皱着眉头朝梓恒嘟起小嘴巴。她想起,这段时间诗颖姐和大哥就像在冷战,诗颖姐说的,无论对错,大哥总是反对。

"嗯……嗯嗯……叫……"梓恒支支吾吾,一下子没反应过来。

"那就叫'大白',就这么定啦!"静恩说道。

梓恒和诗颖都没再说什么,只是不约而同地望向河面溅起的浪花。

直到夕阳的余晖将河面涂抹成一幅斑斓的油画,两人也没有再说过一句话。

假期很快要结束了,临开学之前的那天下午,曾教练让大家在大榕树下的埠头等一等他。龙舟少年们见他神秘兮兮的表情,纷纷猜测是不是有什么重要事情要宣布。

没让大家等多久,谜底就揭开了。只见曾教练和

# 第七章　鼓手与领桨手

其他几位成年龙舟队的桨手，扒着一条长长的龙舟从河涌里出来。

哇，是十二人龙舟！龙舟少年们激动得拍起手来。虽然这条十二人龙舟不是新的，但能用于训练，少年们已经感到很满足了。

曾教练说："新的十二人龙舟价格比较贵，少年龙舟队刚创建时还没有足够的经费去购置，只是先买了五条旧的五人龙舟。为了提高实战水平，这次镇上的龙舟协会筹资购置了这条大龙舟用作训练。"

梓恒他们听完，心里充满了感激。

终于正式开始练习划十二人龙舟了，队员们都很兴奋。龙头摆着一个龙舟鼓，龙舟鼓手周诗颖坐在鼓前面，负责击鼓传令，把控节奏；紧靠着鼓手的是已被选为龙舟领桨手的陈梓恒，负责带领后面的九名桨手划桨；被选为副领桨的"水牛仔"刘伟浚就坐在他身后一排；站在龙尾位置的是被选为龙舟舵手（艄公）的叶航，负责保持精确的航向。

在一支龙舟队里，鼓手是全队的灵魂人物，就像

乐队的指挥一样,所有队员都得听鼓手击鼓的节奏来调整划桨的频率。曾教练说,这叫鼓频决定桨频。

被选为龙舟鼓手的诗颖喜欢音乐,从小就学架子鼓,在香港读书时,初一第一学期还和其他四位同学一起组建过一支乐队,名字叫"蓝色诗人",她担任乐队的鼓手。好多个星期六的夜晚,蓝色诗人乐队和其他几支中学生乐队相约星光大道,在维多利亚港的灯火、海风、轮笛、涛声,还有来自五湖四海的游客的赞叹声中,奏响一首首经典金曲。

诗颖还尝试过写歌,在离开香港回荔枝镇前夕,

## 第七章　鼓手与领桨手

离情别绪使她有感而发,她写了一首《明天》,编曲、作曲和作词都是她一个人完成的。临别之前那个星期五的晚上,正值校庆晚会,蓝色诗人乐队表演了这首歌:"亲爱的朋友／明天／你会在哪里／明天／明天／明天我们是否会再相见……"深情的歌声引起了台下同学的共鸣,一时之间轰动全校。只是没有人注意,舞台上坐在架子鼓前忘情击鼓的诗颖,眼里早已含满泪花。

对于音乐,或者说对打鼓的热爱,究竟源自哪里,对此诗颖自己也说不清楚,唯一一个相近的答案是,也许来源于爸爸和妈妈吧。这是后来有一天她突然想到的,她记起小时候家里有一个舞狮用的狮鼓,那时候爸爸的腰还没有伤,他舞狮头,人狮合一,人称"狮王",晚上回到家,爸爸还会练一阵醒狮"七星鼓"。诗颖记得,爸爸说过,他的打鼓技艺师从家乡荔枝镇一个老鼓王,名字好像是叫"夏师傅"。诗颖五六岁的时候就跟着爸爸学打狮鼓了,上小学后,又跟随一个乐队鼓手学打架子鼓。

　　音乐往往是相通的，不同的乐器之间，会有一种共同的乐理，热爱音乐的人，自会融会贯通。早在一个多月前荔枝镇少年龙舟队选拔时，架子鼓手诗颖是第一个被录取的选手，曾教练听到她敲下的第三声鼓时，那个姿势，那种声响，那个力度，那种节奏感，是如此恰到好处，使他猛然意识到，缺失近十年的荔枝镇龙舟鼓王假以时日就会后继有人了，而少年龙舟队的主力鼓手，非她莫属。

　　诗颖的自我要求也很高，从醒狮小鼓手到架子鼓手再到龙舟鼓手，她逐渐体悟到"鼓"中有奥妙，藏着很多"变"与"不变"。架子鼓作为乐队的主奏乐器之一，从初学时练习的"咚次哒次咚咚哒次"，到稍微有一定基础水平后考虑的独奏、重奏、合奏、协奏、轮奏，以及承接、加花、铺垫、强化等，可以说鼓点千变万化，但节奏始终是其中最重要最关键的要素。而龙舟鼓最强调的正是节奏，只有鼓手稳住了节奏，把控和统领好节拍，整支龙舟队伍才能劲儿往一处使，也才有可能赢得胜利。

# 第七章　鼓手与领桨手

她深信，在乐队中当鼓手时，只要准确把握鼓点的快慢疏密、抑扬顿挫以及协调组成，就能够精准表现作品的整体情感，而这一点，用于龙舟鼓手上，也是息息相通的。

荔枝涌埠头的大榕树下摆了一面大鼓，泛黄又略带划痕的鼓面，就像老人写满沧桑、刻满皱纹的脸。这面百年老鼓，有时候会让诗颖一阵恍惚：它身上不知曾敲响过多少个年代的鼓声？微微掉漆的黑色鼓身，写着"荔枝镇"三个白色的大字，诗颖每次看到，心中都会不自觉地燃起一种激情，也燃起一种使命感与责任感。

鼓手与领桨手是一支龙舟队伍中最重要的两个角色，关于鼓手与领桨手之争，虽然曾教练早早就定了调，鼓频决定桨频，也就是说，一条龙舟上，鼓手才是唯一的指挥官，所

有人都得听鼓手的指挥。

对于这一点,本来梓恒是清楚的,但他心里不知为何就是不服气,也许是因为鼓手不是别人,而是他心有介怀的周诗颖吧。他一想起诗颖对自己爸爸的"否定"与"诋毁",就怒火中烧,有意无意间处处与她作对。

所有人都是这么想的,包括诗颖自己,虽然与梓恒接触才三个月,但她已很清楚他的性格和脾气。如果换作其他人当鼓手,估计梓恒就不会这样闹别扭了。

而让诗颖更难受的是梓恒说的一句话:"女仔鼓手比不上男仔!"

事情发生在前两天,那日梓恒知道曾教练安排诗颖当少年龙舟队的主力鼓手时,梓恒当场质疑说:"女仔鼓手比不上男仔!女仔打鼓力量不够……"

诗颖不愿再听下去,她想不到在自己心目中一向温文儒雅的梓恒,内心里竟然如此"大男人主义"。

诗颖对梓恒感到失望之极,与此同时,她又暗下

## 第七章　鼓手与领桨手

决心：男女平等，女仔一样行！我要证明给他看！

到了真正开始十二人龙舟训练这天，在起桡阶段，明明龙舟鼓手诗颖的鼓点节奏是偏慢偏软的，但是，龙舟领桨手梓恒挥桨的速度却明显偏快，于是后面九名桨手就跟着梓恒的节奏加快了桨频，一时之间，鼓点与龙舟桨入水的响声、桨手的呐喊声格格不入，所有这些声音，让人听起来感觉乱作一团，不合拍，不和谐。

站在船尾的龙舟舵手叶航听得最清楚，因为无论他如何使劲控制长长的艄尾，使龙舟尽量精准地沿着一条直线行驶，但也无法改变因为鼓频与桨频不一致导致龙舟难以提速的尴尬局面。而他又不知如何开口终止这场鼓手与领桨手之间的冷战，他看在眼里，急在心上。

岸上的曾教练本来想大声说些什么，但他还是把将要讲出口的话又悄悄咽了回去。

诗颖察觉到这一切之后，她打鼓的右手突然停了下来，她想不到，自己第一次与梓恒合练，他竟然如

此不配合。

诗颖和领桨手梓恒虽然只隔了一个龙舟鼓的距离,但在少年龙舟队其他队友看来,那有可能是世界上最遥远的距离。诗颖背对龙头坐着打鼓,梓恒面向龙头划桨,俩人面对面,诗颖干脆狠狠地瞪了他一眼。可是梓恒根本不看她,只装作专注地注视着水面。

本来龙舟鼓槌[①]是诗颖战斗的武器,也是她心爱的宝贝,可是这一刻她却全然不顾了,她一把将它摔在龙舟上,哐的一声响,全船的人都怔住了。没有一个人再划桨,龙舟靠着惯性顺水漂着。

世界仿佛突然安静了下来,所有凌乱的节奏、喧哗的声音,都渐渐消失了。

诗颖掩住脸,呜呜呜地小声哽咽着。荔枝涌的微风,吹过她一头秀发,掠过她秀气的脸庞。

岸上一直跟着龙舟跑的静恩,双手合成喇叭状,放开喉咙对梓恒大声喝道:"大哥,你搞什么

---

① 鼓槌:即打鼓的鼓棒。

## 第七章　鼓手与领桨手

鬼呀？！"

静恩身后还跟过来一个人，穿着一件发黄的高领长袖衬衫——是傻福。他也学着静恩的模样含糊不清地大喊："大哥，你搞什么鬼呀？！"说完就手舞足蹈起来。

副领桨刘伟浚收起水中的龙舟桨，用它顶了顶坐在前面的梓恒的后背。

但是梓恒却没有回头，他深深地吸了一口气，发现自己的泪水在眼眶里打转。

他怔怔地望着手中的龙舟桨，这是爸爸去年送给自己的生日礼物。他忽然想起爸爸出事前最后一次带他到荔枝涌扒龙舟的情景。那是四月底的一个黄昏，炎热的夏天还没有真正到来，夕阳比此时要温柔得多，黄色和橙色的霞光，轻轻涂抹在河涌中、龙舟里、爸爸和自己身上。他想起那一天爸爸对他说的一番意味深长的话，爸爸说："恒仔啊，一支龙舟队就像一棵大树，鼓手、舵手、桨手和领桨手都是这棵大树不可分割又紧密联系的一部分，是一个息息相关的整

体。只有各司其职、团结合作，这棵大树才能生长得更快、更高、更壮。鼓手是树根，起根基的作用，能稳住大树；舵手是主干，决定大树生长的方向；桨手就是一根根树枝，牵连起整棵大树；而领桨手就是大树上最顶端、最向阳的那一枝，给其他树枝以希望和表率。爸爸希望你有朝一日能接过我手中的桨，成为龙舟队这棵大树上最高、最特别的那一根树枝……"

是啊，爸爸说得对，各司其职，团结合作，少年龙舟队才能走得更远。想到这里，梓恒幡然醒悟，他心底涌上一股愧疚和自责。

曾教练仿佛看透了梓恒的心思，他将小龙舟划到龙舟少年们的十二人龙舟旁，说道："梓恒、诗颖，我知道你俩有心事，但是既然选择了加入少年龙舟队，无论彼此有什么误解，一上龙舟都应放在一边。只有齐心协力、同舟共济，才能有所成就。我们荔枝镇少年龙舟队第一场正式比赛国庆节就要开始啦……"

曾教练的一番话，说得梓恒耳朵和脸庞直发烫，

## 第七章　鼓手与领桨手

诗颖的一双大眼睛也轻垂下眼帘。

伟浚捡起诗颖刚才一气之下扔在龙舟上的鼓槌，又用它顶了顶梓恒的后背。这一次，梓恒终于回过头来，眼神有些茫然地看着伟浚。

"你可以的！"伟浚边劝说边半探起腰把鼓槌塞给梓恒。梓恒迟疑了一下，后来还是把龙舟桨放下，伸手接过鼓槌。他怔住了足有好几秒钟，没有人知道，那一刻他在想些什么。

月牙形状的鼓槌，非常光滑，此刻握在自己手里，仿佛还带着诗颖这一个多月来辛苦训练的努力。梓恒的手突然抖了一下，他把鼓槌递向眼前的诗颖，说："给。"

一直嘟着嘴、满腹委屈的诗颖，只好伸出手。她的两颊似乎泛起红晕，夕阳金色的余晖正斜斜地照在她迷人的瓜子脸和尖尖的下巴上。那一刻，梓恒仿佛看见她一双水汪汪的大眼睛里，闪过了一丝隐隐约约的光亮。

# 第八章
# 英国归人

九月一日,新学期开学了,梓恒和诗颖上初二,但他俩不再是同桌,在静恩等人的调和下,两人的对立虽然有所消解,但就像裂开的镜子终归无法复原如初一样,除了在龙舟上之外,在其他所有场合两人都仿佛不认识一样。叶航和伟浚读初三,静恩也升上六年级了。一切仿佛都变了,而唯一不变的是他们都还是荔枝学校的校友,都还是荔枝镇少年龙舟队的队友。

叶航和伟浚等多名队员这一学年要准备参加中考,需要把更多时间放在备考上,所以龙舟队的训练

## 第八章 英国归人

时间改为取消晨练，保持晚练，每天下午放学后，队员在荔枝涌埠头老榕树下集合，练习扒龙舟两个小时。

自从鼓手和领桨手风波稍稍平息后，荔枝镇少年龙舟队的十二人龙舟训练渐入佳境。梓恒和诗颖虽然平时依然互不相让，交流也不多，但一上龙舟，真的就像曾教练所说过的那样，团结协作，鼓声与桨声渐渐同频合拍起来了。曾教练看在眼里，喜在心上，对于一个月后参加的首场正式龙舟赛，信心倍增。

这个星期五的晚练课刚开始不久，眼尖的叶航突然从龙舟上站起来，对着岸边激动地挥手喊道："堂哥！堂哥！"

梓恒循声望去，看见岸上一个大学生模样的年轻人，他背着双肩包，手上还拖了一个大大的黑色行李箱。

"航仔,我回来啦!"

梓恒这才想起来,他应当是叶航的堂哥叶伟潮,之前在县城一中读高中,六年前考入英国曼彻斯特大学土木工程学院,后来保送研究生,如今从英国归来,应当是硕士毕业了。

曾教练也看见了叶伟潮,他俩互相挥手致意。俩人是初中同学,从小一起长大,但命运的轨迹却截然不同。与叶伟潮的高学历不一样,曾志成中考后读了职中,毕业后留在家乡,后来成为一名职业龙舟桨手。

曾志成示意大家休息一会儿,他把龙舟划到埠头,上了岸,与叶伟潮拥抱在一起。多年未见,两个年少时的死党,此刻心里都有说不完的话。

可是,当听到叶伟潮说,他这次毕业回来打算留在荔枝镇时,曾志成一阵愕然。他问:"你不是在英国找到工作了吗?"

叶伟潮说:"本来学校推荐了一家在伦敦的公司,但后来仔细考虑后,还是决定回国,我的创业方向还与你的特长有关呢,猜猜。"

## 第八章　英国归人

"龙舟？"曾志成和叶航异口同声地说道，说完对这个答案又不由得有些惊讶。

叶伟潮点点头，说："我毕业前收到镇政府的邀请，原来咱们荔枝镇今年入选了全省首批'百县千镇万村高质量发展工程'典型镇，正准备重点打造'龙舟文化特色镇'，希望像我这样既有龙舟制作手艺又有国际视野的新一代年轻人，能为这个头号工程作贡献。我和家人商量过了，打算在荔枝镇开一家龙舟文化创艺社，主打龙舟、醒狮等岭南非遗文化，一方面传承爷爷龙头雕刻非遗技艺，另一方面将传统文化与现代创意、艺术相融合，开发龙舟仔（小龙舟）、小龙头、小狮头迷你木刻模型等国潮文创产品……"

看着叶伟潮信心满满的样子，曾志成仿佛又看见了那个痴迷于凿子、雕刀、手斧、敲锤、

锉刀、锥子等一堆木工工具的少年,那个雕刻出一个迷你龙舟龙头的高中生。尽管此刻对他创业的决定似乎心生疑惑,但似乎又深有共鸣,分别时,曾志成还是发自内心地祝福道:"祝你成功!"

还坐在河涌龙舟上的梓恒见状,心里备受震撼,当年伟潮哥可是镇上第一个考取国外名牌大学的学生。他还记得妈妈说过:"恒仔啊,你要加油呀,向伟潮哥学习,争取考上好大学,将来找一份体面的工作。"今天听到伟潮哥这番话,他还是相当震惊的。

每个人都有自己的选择,而选择,或许没有对错,如果按自己喜欢的方式,作出听从内心召唤的选择,也不失为人生中的一种成功吧。想到这里,梓恒不由得对伟潮哥心生敬佩。

叶伟潮从背包里掏出几盒巧克力,递给叶航。叶航拆开,先分给了最馋嘴的静恩。

静恩见了,双眼闪亮,迫不及待地拆了包装纸,咬上一大口。她竖起大拇指赞道:"好好味啊!谢谢伟潮哥!"

## 第八章　英国归人

坐在她身边的诗颖,帮她拭去嘴边的巧克力碎末。"姐姐,你也来吃。"她把一条巧克力递给了诗颖。

"你吃你吃,喜欢就吃多点儿吧。"诗颖打开包装纸,把巧克力塞到静恩嘴里。

"那我就不客气咯,"静恩甜甜地笑了,就像口中刚融化的巧克力那么甜,"姐姐对我真好!"她挽住诗颖的胳膊,把头也靠了过去。

伟浚也把手中的巧克力递给静恩,说道:"我不吃了,我的体重还未达标呢。梓恒说如果我下个月再减不到120斤以下,就不让我当副领桨啦……"说完,他咽了咽口水。

静恩毫不客气地一把接住,诗颖咯咯地笑起来。

伟潮哥的突然归来,在少年龙舟队高强度的紧张训练中,如同一个美好的插曲,一阵凉爽的清风,让大家得到了一段轻松愉快的休憩时光;同时,也如一记惊雷,唤醒梓恒、叶航等一众龙舟少年逐梦龙舟的初心;又如一道火把,点亮了荔枝镇少年龙舟队前进的夜空。

第二天,放学的路上,梓恒在河边一棵凤凰树下碰见伟潮哥。

他按捺不住心中的疑惑,问道:"伟潮哥,你真的决定了吗?"

伟潮哥点点头,面带微笑说:"是啊,我的龙舟文化创艺工作室都已经选好地址啦。"

"啊,这么快,伟潮哥办事真高效,"梓恒惊叹道,"选在哪里呀?"

"叶家大宗祠,"伟潮哥接着说,"恒仔,你应当也知道,龙头雕刻一直是我的梦想,现在当我有能力、有机会去作出选择的时候,我会选择坚持和守护自己的梦想。"

伟潮哥说完,望向叶家祠堂的方向,梓恒看见他侧脸的轮廓,仿佛闪耀着坚毅的光,梓恒的心又一次震动了。

"你知道路遥吗,就是写出《平凡的世界》那位作家,上了高中你们都会读这部作品的,但我最喜欢的却是他另一本小说《人生》。我独自在英国留学那

## 第八章 英国归人

几年,每当感到迷茫或者不开心的时候,就会读这本书。路遥在书中扉页引用了另一位作家柳青的一段话,今天我想送给你:'人生的道路虽然漫长,但紧要处常常只有几步,特别是当人年轻的时候。'"

说完,伟潮哥拍了拍梓恒的肩膀,说道:"记住伟潮哥的话,趁年轻,做一些自己真正热爱的事情,有梦就去追!"

伟潮哥坦率、真挚的一番心里话,让梓恒的心在微微颤抖着。

"是啊,有梦就去追,我的梦想,是成为一名出色的龙舟领桨手,就像爷爷和爸爸那样。"

想到这里,梓恒对伟潮哥用力地点了点头。

这时候,叶航也走过来了。伟潮哥对他说:"航仔,我刚才和恒仔聊起了梦想,我想问问你,你的梦想是什么?"

叶航不好意思地摸了摸头说:"堂哥,我想向你学习呀。这几年我也跟着爷爷学龙头雕刻呢。"

伟潮哥说:"不错不错,你以后写完作业就到祠

堂来帮忙,我教你。"

"我参加了镇上的少年龙舟队,我还想当一名出色的龙舟舵手。"叶航说着说着又摸了摸头。

伟潮哥说:"航仔,龙舟是一种文化,是一种精神,也是一种信仰,在我们岭南水乡的文化长河中,龙舟正是承载着灿若繁星的非遗的那艘大船。你和恒仔都要加油呀,争取将我们荔枝镇的传统龙舟划出大湾区,划出国门,划向世界。"

"为梦想而战,加油!"一名二十四岁留学六年后回到家乡创业的研究生,两名十三四岁立志成为龙舟少年的初中生,三人伸出手叠放在一起,对着奔流不息的河水使劲呐喊了一声。

# 第九章 第一次上场

大半个月后,国庆节到了,荔枝涌两岸彩旗飘飘,人头攒动。在埠头老榕树旁,一条红底黄字的横幅特别显眼,上面写着:鹤山市首届青少年传统龙舟锦标赛。

十月二日这一天上午,十个乡镇的少年龙舟队齐聚一堂,整装待发。每一支队伍似乎都在摩拳擦掌,跃跃欲试。

十月的风有点儿大,吹得龙舟尾部的队旗猎猎作响。呜……争标夺锦的哨声吹响了。顷刻之间,鼓槌声声,河涌里龙舟奋楫,如一条条蛟龙劈波斩水,争

## 第九章　第一次上场

先恐后地向前飞驰着。

两岸早已站满了观众，一圈又一圈，围得水泄不通，大家都在为各自所支持的队伍振臂高呼。抢到河边第一排绝佳观赏位置的村民，全都将头探出栏杆外，翘首以待自己支持的龙舟到来。

岸上的助威声、尖叫声、喧哗声和主持人在高音喇叭里的激情解说声，连同河里的锣鼓声、口哨声、水浪声、少年桨手们的呐喊声，全都汇聚在一起，仿佛合奏成一曲荔枝涌龙舟之歌。

这种人声鼎沸的热闹场面，梓恒虽然早已司空见惯，但今天的感受却完全不一样。毕竟以前自己是站在岸上的观众，为扒龙舟的爸爸加油助威；而此刻自己却是竞渡龙舟上的一名参赛选手，并且还是最重要的领桨手，他感到心跳加速，如同眼前诗颖的龙舟鼓点，咚咚咚咚响个不停。

梓恒心理素质并不是特别好，今天他虽然憋红了脸在划桨，可是神色还是有些慌张，最严重的问题是，他并没有压到鼓手诗颖击出的鼓点节奏上来。

## 第九章 第一次上场

龙舟上的鼓手和领桨手是面对面相视而坐的,对于梓恒的这一点异样,诗颖很快就察觉到了,特别是鼓频与桨频的这种不合拍,比赛一开始她就立马发觉了。

诗颖一时半刻不知如何是好,鼓点是不能停下来的,也不能放慢节奏等梓恒跟上。虽然她和梓恒只隔着一个龙舟鼓的距离,但也没有办法提醒到他。看来只能靠喊啦,诗颖一想到这里,就大叫了一声"梓恒",可是由于她的鼓声太大,埋首划桨的梓恒一点儿也没听到。

曾教练在岸上急得直跺脚,梓恒的桨频比诗颖的鼓频慢了半拍,赛前他根本没想到梓恒会犯这样的低级错误。他对着梓恒猛地比画双手,做加快桨频的动作,可是梓恒低头专心划桨,根本看不见。

"大哥,加油!"岸边的静恩也急了,她叫得喉咙都快冒烟了。这时候,手舞足蹈的傻福也大步凑近过来,跟着静恩大喊:"大哥,加油!"

旁边的村民见状,都乐了,也开始凑热闹喊:"大

哥,加油!"人潮汹涌的河岸,顿时成了欢乐的海洋。

这浩荡的喊声,惊动了龙舟上的梓恒,在经过一个拐弯河段时,他不由得轻微抬头朝岸边瞥了一眼,他看到了荔枝镇村民啦啦队的方阵,看到了静恩,看到了傻福,看见了许许多多的观众,全都在为自己加油。

他还看见穿着红色上衣的曾教练,看见他在拼命地做着加快桨频的示意动作,梓恒忽然间像领悟到什么。就在这电光火石之间,他迅速把目光收回,刚好与诗颖对视,她对他使了一个眼色,梓恒如梦初醒,赶紧发力提速桨频,终于跟上诗颖始终不甘落后的鼓点。

一看领桨手调整了划桨节奏,后面的九名桨手也条件反射般跟着加快桨频。梓恒身后的伟浚,更是使尽九牛二虎之力划起来,肩膀黝黑黝黑的,肌肉显露无遗。他因为力大无穷,被大家称为"大力水手",静恩还给他起了个亲切的绰号"水牛仔"。

站在龙舟尾部的舵手叶航一直紧绷着的脸,此刻

## 第九章　第一次上场

终于稍稍舒展了一些。他身体前倾，紧紧握住手中的舵尾，目不转睛地盯着前方龙舟划行的方向，踏着鼓点的节奏前后律动上身。

荔枝镇少年龙舟队的龙舟，终于像离弦的箭一样加速疾飞起来。哗啦哗啦，岸上支持荔枝镇的观众不约而同地鼓起了掌。

很快，梓恒他们的龙舟就从最后一名追到了第三名。这次比赛共有十八支队伍参加，分成三组，每组六支队伍，最快的两名出线。

最后50米冲刺了，此时人声鼎沸，各种各样的声音汇聚在一起，震耳欲聋。特别是前三名队伍的支持者，似乎比河里龙舟上的选手更紧张更激动，他们发出的加油助威声，简直地动山摇。

眼看就要追上第二名了，可是最后30米，第一名和第二名不知哪里突然生出的力量，竟然加速冲刺了。

最终荔枝镇少年龙舟队只获得小组第三，遗憾出局。

上岸后,队员们有点儿沮丧,每个人都垂头丧气的。曾教练安慰大家说:"别的镇早在前两年就已成立少年龙舟队了,有的镇还有两三支呢。而我们是今年才刚刚成立,至今也不过训练了三个月而已,大家第一次参加正式比赛,能取得这样的成绩已经很棒了!"

梓恒听了,心里悬着的石头似乎稍微松动了一点,但还是有些沉重。他一想到比赛刚开始时自己的失误,就自责不已,连眼睛都红了。

曾教练说:"恒仔,第一次上场常常就是这样子的,不用挂在心上。你努力了整个夏天,这就够了。"

诗颖拉着静恩的小手一起走过来,她看着梓恒的眼睛说:"梓恒,这次我也有责任,没有和你配合好,以后我们要多多练习,争取更默契一点儿。"

伟浚假装要打梓恒一拳,说道:"男子汉大丈夫,别哭哭啼啼的。"

叶航把手搭在梓恒肩膀上,说:"没事没事,下一场我们再拼一次。"

# 第九章 第一次上场

梓恒的心仿佛都要融化了,想不到大家并没有指责自己,而是充满了善意的关心和温情的安慰。

这时候,上场的龙舟少年们和没有上场的后备队员们都围过来了,曾教练带着大家一起复盘这次失利的得与失。有那么一瞬间,他其实心里也有些难过,毕竟自己带着这班小家伙辛苦训练了三个月了。曾教练想:如果年叔在就好了,他一定是这支少年龙舟队最合适的教练,但是,这已经是不可能的事情了……随后,一个大眼鹰鼻、白须飘飘的老者形象蓦然闪过曾教练的脑海,他心里暗叫了一声:"对了,还有'雷公'!"

## 第十章 一个人的十公里

当所有人都以为，梓恒此前沉重的心情经过大家的安慰后，应当会释然，包括他自己起初也是这么认为的。但是午睡时，他翻来覆去就是睡不着，不知为何，心里又生出淡淡的愧疚与惆怅。

他干脆起身，走到书房，在书桌前坐下，取出一沓纸，唰唰唰地用钢笔写着什么。后来，他一个人出门，走到了荔枝涌的训练基地。他从船仓里搬出一条单人龙舟，独自沿着河涌划着。

这条小龙舟是五月初梓恒爸爸失踪前最后划过的，与其他用杉木做的轻便小龙舟完全不一样，它是用传统的坤甸木做的,所以船身并不是常见的明黄色,而是深沉的褐黑色,仿佛刻满了历尽沧桑的故事。

这是荔枝镇独一无二的单人龙舟,就像是爸爸专属的坐骑,镇上的人一见就知道是陈庆年来了。梓恒此刻坐在爸爸的专用龙舟上,一时百感交集。想起爸爸在扒龙舟上的天分、努力和成就,他的心猛然又一沉。

这样想着想着,他不觉已划出了好远。小龙舟穿过石板桥拱形的桥洞,穿过垂到河面的古榕树胡须一样的缕缕气根,穿过开满淡紫色花朵的一片片油绿的水浮莲,来到荔枝涌两侧种满水杉树的河段。梓恒

蓦然发觉,这不就是爸爸失踪前停靠小龙舟的那段河涌吗?!

他看着河里靠边上那两排笔直的水杉,眼泪潸然而下。

如今,时隔五个月之后,他又一次来到这个伤心之地。不过,这一次,他还带来了一封信,这五个月来,所有想对爸爸说的话,都在这封信里了。他颤抖地打开信纸,对着潺潺流淌的河水,轻轻地读着……

亲爱的爸爸:

您还好吗?

自从您失踪了之后,全镇人都很担心,公安局、民政局等好多政府单位都参与了救援、打捞与善后工作,镇政府的工作人员也多次来家里了解情况和慰问。我们找了好久,找了好多地方,都找不到您。

爸爸,我希望您早点儿回到我们身边,妈妈、妹

## 第十章 一个人的十公里

妹和我每一天都在等着您回来。每天吃晚饭,妈妈总是放多一套碗筷,我知道那是留给您的。以前不爱学习的"小懒虫"妹妹现在上六年级了,前几天第一次月考,她竟然考了全班第一名。那天她拿着奖状蹦蹦跳跳地回家,可是后来却哭了,她说,自己最想分享这个喜讯的那个人、那个最疼自己的人不见了。

每天晚上,我都会到书桌旁,拧开那盏橘黄色的台灯,我多么希望,就像从前每一个夜晚一样,您高大的身影会渐渐向我靠近,然后拍拍我的肩膀,对我说:"恒仔,早点儿睡觉,别累坏了。"

镇上组建了少年龙舟队,我和妹妹都入选了,妹妹是后备鼓手,而我是桨手,后来经过竞争还成为了领桨手,就像您当初一样。

我们的训练基地,以及所有的训练装备,都是一个热爱龙舟文化的好心企业家联合本地多家大公司老总新成立的荔枝镇龙舟协会提供的,而教练则是您昔日最好的队友志成叔。这个夏天,我们从单人龙舟到五人龙舟,再到十二人龙舟,循序渐进地练习扒龙

舟,每天下午放学后开始扒。训练的日子虽然辛苦,但是一上龙舟我就觉得很兴奋、很快乐。爸爸,您第一次参加村里龙舟队是否也有这种感觉呀?

我们的进步是显而易见的,可是与别的镇相比,我们只是龙舟菜鸟而已。今天上午举行的市青少年龙舟赛,我们队没有出线,而我更是因为自己在比赛一开始的失误而一直深感愧疚。我感觉自己辜负了大家的信任,也辜负了您的期望,爸爸,我该怎么办呢?

希望爸爸能快点儿回家,答应我,好吗?我最亲爱的爸爸,我们每时每刻都在等着您回家!

祝您一切都好。

儿子 恒仔 敬上

10月2日

梓恒一字一句地把信念完,晶莹的泪珠簌簌地滑落在信纸上,一滴又一滴。

他把信纸合拢成喇叭状,对着荔枝涌哗啦啦的流水,放声大喊:"爸爸,爸爸,您快回来呀!"

## 第十章 一个人的十公里

河涌里起风了。梓恒不禁打了一个喷嚏。他突然好像想起了什么，就沿着水流的方向，用力划起桨来。

他划着爸爸的单人龙舟，一直向前划啊划。这时候，突然下起雨来，滂沱大雨淋湿了他的头发，他的衣裳，可是他没有停下来。

河里的水声越来越大，浪也越来越急，最后他来到荔枝涌与西江的交汇处。一边墨绿色，一边浅黄色，水面的分界线在这里特别明显。从龙舟训练基地出来，一直划到这里，起码也有十公里了。这十公里，是梓恒独自划过的最长距离。

这里什么都没有变，但又好像什么都变了。

爸爸会不会给我们留下了一些信息或暗示呢？

这个问题，他以前从来没有想过，但此时此刻，这个念头不知为何突然掠过他的脑海。在环顾四周之后，他的目光最终定格在距离荔枝涌出口处不远的一棵大水杉树上。

他把龙舟划过去，停住。这是最大的一棵水杉，树干粗得需要一个成年人才能环抱住。

他怔怔地望着这棵长在水里的大树,什么也没有发现,除了枝丫处一个小小的鸟窝。他正要从龙舟上半蹲起来,好奇地去看鸟窝里是否有鸟蛋,就在这时,树干上一个斜斜的树洞,猛然显露在他眼前。

树洞里看上去好像有什么东西,一个黑色的巴掌大的物体。

梓恒尝试在龙舟上完全站直起来,可是因为有水流,龙舟摇摇晃晃。他想起练扒龙舟时的方法,像扎马步一样双脚分开,放松整个身体来保持平衡,最后终于稳住了龙舟,他侧身把右手伸进树洞里,等掏出来一看,他不由得惊呆了,他感觉到自己的心跳和血流骤然加速。

这是一个黑色的皮质封面的记事本,梓恒觉得很眼熟,好像在哪里见过,可现在一时想不起来。记事本外面用一个透明的密封袋套着,他轻轻地撕开胶袋的口子,一个保存相当完好的笔记本就被他捧在了掌心中。

梓恒把龙舟停到靠近岸边的地方,坐了下来,小

心翼翼地翻开记事本。

那一瞬间,他整个人好像被电流击中一样,啊的大叫一声后就完全怔住了。

是爸爸的字迹!

是爸爸的记事本!

梓恒捧着爸爸的记事本,感觉沉甸甸的。他一页一页地静静翻看着,这是爸爸写下的龙舟训练日志,既有扒龙舟的记录、心得和发现,也有日常生活的所见所闻、所感所思。

梓恒翻到最后一篇日记,写于今年农历四月初七,也就是爸爸失踪的之前一天,梓恒看到最后一段话:"明天四月初八,终于可以'起龙'了。我真的很想将老龙舟'东坡仔'送给梓恒,送给镇上喜欢龙舟的孩子们,我希望他们有一天,也会接过大人们手中的龙舟桨,划着'东坡仔'快乐起航……"

泪珠一颗又一颗地涌出来,直至如潮水般彻底淹没了梓恒的双眼。

啊,爸爸,爸爸!想到这里,梓恒的心又一次呼

## 第十章　一个人的十公里

喊着，一遍又一遍。

雨渐渐停了，先前轰隆的雷声，此时也已经在黄昏的风中消散殆尽了。不知什么时候，淡淡的阳光穿过变薄的云层，透过水杉树枝叶的缝隙，静悄悄地钻下来，轻轻地落在梓恒爸爸曾经战斗过的坤甸木龙舟上，落在写满了龙舟训练日志与的黑色记事本中，落在梓恒坚毅的眼神与泪水里。

# 第十一章 骏水①

整个下午都不见梓恒的踪影,妈妈便带着诗颖和妹妹四处去找。

没有人知道,梓恒已划了人生中第一次一个人的十公里龙舟,就在家人和队友心急如焚地寻找的时候,他正准备返航。

他选择了一条从未划过的支涌。

他逆流而上,划啊划,直到手臂都疼了才放慢速度。

---

① 骏水:新龙舟出船厂前举行的下河试水仪式。

## 第十一章　骏水

就在这时候，前方突然响起一阵噼里啪啦的鞭炮声，把他吓了一大跳。

他循声把龙舟划过去，等定睛一看，不由得打了一个激灵。

"龙舟世家"四个大字赫然映入眼帘，这不就是叶航爷爷的龙舟制作基地吗？

梓恒对此虽然早已久仰大名，但今天还是第一次亲眼目睹传说中的龙舟厂。梓恒常常听叶航讲起他爷爷造龙舟的故事，他的爷爷叶永辉是非遗龙舟制作技艺代表性传承人，荔枝镇以及珠三角周边几个乡镇的传统龙舟和龙头龙尾，很多都出自他的巧手。

梓恒停好龙舟，上了岸。大门口一条棕色的狗把他拦住了，对着他狂吠个不停。

梓恒最怕狗了，一时不知如何是好。

这时候，一个熟悉的高大身影出现了。啊，这不就是诗颖的爸爸吗？他怎么会在这儿？

就在梓恒纳闷儿之时，只听诗颖爸爸大声呵斥："回来，回来！"

狗停住叫声,乖乖地退回去,趴了下来,把头搁在黑色旧船木做的门槛上。

"走,恒仔,咱们看骏水去。"诗颖爸爸说。

"骏水?什么骏水呀?"梓恒第一次听到这个词,不禁有些好奇。

诗颖爸爸神秘一笑,拉上梓恒走进船厂。

梓恒进去一看,不由得一惊,想不到船厂内部别有洞天。

船厂室内像一个巨大的库房,屋顶很高,里面甚是宽敞,目测起码有一个足球场那么大。工场摆着五六条正在制作中的龙舟,有的刚刚开始做龙骨,有的看上去即将完成。木屑纷纷扬扬,落得到处都是,地上铺了一层又一层。

梓恒跟着诗颖爸爸来到中间的位置,看见一个白发苍苍的老者正在来回忙碌着,他慈眉善目,但又气场十足。梓恒心想,他应当就是传说中鼎鼎大名的叶师傅——叶永辉。

再仔细一看,他旁边还跟着一个人,竟然是曾

## 第十一章　骏水

教练。

曾教练见到梓恒，也吃了一惊。本来有一个尚不为人知的秘密，他还想替一个低调的人保守下去，可现在看来是藏不住了。

诗颖爸爸将梓恒带到白发老人身边，一起作揖问候。他向梓恒介绍了老人的身份，也向老人引荐了梓恒。

梓恒拱手说："叶爷爷好，久仰久仰。"

叶师傅拍拍梓恒的肩膀，又握拳轻敲两下他胳膊上的肌肉，笑着说："嗯，不错不错，恒仔是吗？少年龙舟队领桨手，对不对？航仔可是经常提起你哟。"

梓恒不好意思地摸摸头，脸都红了。

"你第一次来龙舟世家是吗？今天是吉日，刚好有新龙出厂，马上就要举行骏水仪式，想不想看？"叶师傅说道。

梓恒眼睛一亮，用力点点头，紧跟在他后面。

这时候，叶师傅的两个孙子叶伟潮和叶航，还有少年龙舟队的诗颖、静恩和伟浚也赶来了，他们都是

准备来看新龙舟骏水仪式的。

静恩一脸愁容,本来找了大半天大哥都找不到,情绪是低落不已的,但诗颖让她无论如何也要跟着去看骏水仪式,所以她最后只好跟着来了。

此时一见到梓恒,她就破涕为笑,问他到底藏去哪儿了。梓恒说,他没有什么事,只是想一个人静一下,划了一场一个人的十公里龙舟而已,还意外地发现了爸爸的记事本。

说完,他从口袋里掏出那个黑色的记事本,递给静恩。

诗颖爸爸和曾教练这才知道,原来大家之前都在找梓恒。而听了他这一番话,才放下心来。

叶师傅见人这么齐,就说:"要不我先带你们参观参观工厂。"

大家团团围在他身旁,兴高采烈地期待着什么。梓恒心里也颇是好奇。

叶师傅开始讲起关于龙舟以及龙舟制作的百年传奇故事。

## 第十一章　骏水

　　船厂里有五六条传统龙舟在同时开工,他带着大家来到第一条龙舟前,说道:"岭南龙舟历史悠久,我们荔枝镇叶家造龙舟也已历经百余年了。如今龙舟以及龙头龙尾制作技艺还成为非物质文化遗产,我是第五代传人。不过我老了,很快就要全部交给潮仔和航仔咯。"

　　说到这里,叶师傅望向叶伟潮和叶航,他俩庄重地点了点头。

　　叶师傅意犹未尽地继续说下去:"我所做的传统龙舟呀,主要分两种:'鸡公头'和'大头狗'。'鸡公头'船身狭窄细长,龙头造型干练,远看像鸡公,适合在浅窄多弯的河涌中行驶,其最大的特点是在河涌中行驶时可随时改变方向,也就是掉头,主要用在珠江的西江水系,比如广州等地,我们荔枝镇地处西江流域,所以传统龙舟也都是这种'鸡公头';而'大头狗'则船身较宽、平底,驶起来平稳,龙头造型比较宽胖,适合在宽阔、浪大的江面上行驶,主要用在东江流域,比如东莞等地。

"龙舟头和龙舟尾雕刻这一块,我很早就已经把技艺传授给潮仔了,他从英国留学回来,传承我这门近乎失传的手艺,我很欣慰呀。这个月他创建的一个龙舟文化什么社就要开张了,我看里面都是一些龙舟仔、龙头仔,还有狮头仔啊,这些小模型我可是从来都没有想过的,说明他动了脑筋,在我们这老一辈的传统手艺上做了一种创新的探索,这一点很好。龙头雕刻这一块,潮仔已很在行了,以后就让他来给大家介绍吧。

"一条采用传统手工技艺制作的龙舟,从选材到最终下水出厂,流程和步骤非常复杂。等我算一下……嗯,一共有八大工序,包括扎底骨(龙骨)、制脚旁、上大旁、扎彩盘、钉花旁、钉夹旁、扎龙缆、上油打磨,如果再细分下去,实则有一百多道小工序呢。

"我掌握的这套龙舟制作技艺是我父亲传下来的,当时他把关键技术只传给了我一个人,主要有两项:'掌口'技术和'龙骨制作'技术。

## 第十一章 骏水

"其他地区的龙舟一般只有 20 多米长,而我们荔枝镇的龙舟能做到 40 多米,关键就在于叶家祖辈传承下来的'掌口'制船工艺。'掌口'是一种在木头之间的拼接口处采用榫卯结构的家具制作工艺,需要靠人工凿出各种规格的咬口,再仔细磨平、拼接,我们的掌口连接十分紧密,不会散口或裂口,这样就能确保制作出来的龙舟既长又稳。

"此外,制作龙骨时,龙舟头部和尾部弯曲的弧度很重要,做工得非常考究。龙舟头是泼水用的,而龙舟尾是泄水用的,如果弧度不够的话,就会挡水;但如果弧度过大的话,龙舟就划不快。这些弧度和尺寸的定夺,很多时候还得凭借自己多年的造船经验、眼力和感觉……"

叶师傅话讲得快,始终在津津乐道,梓恒他们几个听得嘴巴都张大了。想不到,小小的龙舟,竟然有这么多鲜为人知的制作细节和秘诀。

这时,一个龙舟工匠霍师傅走过来告诉叶师傅,吉时到了。

叶师傅就带着大家来到一条刚刚造好的新龙舟前。

梓恒看见,这是一条杉木做的十二人龙舟船身,是黄色的,用他的话说就是"帅呆了"!新的龙头也已经安上,不过眼睛还用红布蒙着。

叶师傅将香插在苹果上点燃,边环绕龙舟浇酒一圈,边口中念念有词:国泰民安,五谷丰登,风调雨顺,顺风顺水……说完,在龙舟头前面停下。霍师傅轻轻地解开龙头的红布,叶师傅用毛笔蘸了鸡血,小心地为龙眼点睛。点好睛的龙头,顿时有了活灵活现的生气,就像真龙一样。

随后,龙舟少年们也被叶师傅安排了任务,参与到新龙骏水仪式中。

只听叶师傅大喝一声"起",工厂的几位师傅,还有诗颖爸爸、曾教练以及伟潮哥、叶航、梓恒和伟浚等人就将龙舟过手、上肩,在热闹的鞭炮声中把它抬出船厂。诗颖和静恩他们几个则在前方帮忙"开路"。

按照传统骏水风俗，新龙舟在未正式下水前船底是不可以接触到地面的。当龙舟被抬到船厂旁的河涌并放下水后，叶师傅开始主持采青仪式。在鞭炮声、锣鼓声和吆喝声中，新龙舟划到了一棵巨大的龙眼树前。霍师傅采摘了一些新鲜龙眼叶递给叶师傅，叶师傅将其连同准备好的香茅，一并放入龙头的龙口当中。随后新龙舟在船厂外的河涌环绕划行了一周。就在梓恒以为新龙骏水仪式就此结束了的时候，村中长老阿祥伯与其他几位成年龙舟队的队员正划着龙舟迎面驶来。梓恒心生纳闷儿，阿祥伯他们这时候来干吗呢？

叶师傅解释说，好戏在后头，新龙骏水还有最后一个压轴环节——"接龙"。

"接龙？"来接龙舟的人难道就是对面的阿祥伯他们吗？

梓恒想着想着，一时走神，没留意到阿祥伯所在龙舟上的何平哥，他点燃的鞭炮又把梓恒吓了一跳。

何平哥迅速跳上梓恒所在的新龙舟，把手中一个

# 第十一章　骏水

红色的龙牌插在龙头上。梓恒定睛一看，啊，上面赫然写着"荔枝镇少年龙舟队"！

梓恒这才恍然大悟，原来这条新龙舟，正是自己村定做的。怪不得曾教练他们一早就在船厂这里。

还有令他更惊讶的事情。当他向曾教练确认是否是他们村买的时，曾教练肯定了他的猜测，并告诉他，这条比赛用的十二人新龙舟，还是镇上的龙舟协会购置给少年龙舟队的。

又是镇上的龙舟协会？他突然想起曾教练曾经说过，荔枝镇龙舟协会是镇上一位热爱龙舟文化的热心

企业家联合本地多家大公司老总和行业内专业人士共同筹建的,到底是谁这么神秘呢?

梓恒的心里,又一次打了一个大大的问号。

这时候,诗颖爸爸把一个大大的利是①封塞到叶师傅手中,曾教练也给船厂其他师傅一一派利是。诗颖爸爸说:"按照习俗,请师傅们都收下吧,希望大家都大吉大利,顺顺利利。"

叶师傅拍了拍他的肩膀,说:"咱们镇龙舟文化的传承,有你这个大企业家一份大功劳啊!"

大企业家?梓恒听了,不由得目瞪口呆。啊,难道——那位自始至终为少年龙舟队保驾护航的热心企业家就是诗颖爸爸?!

梓恒一阵愕然,一股暖流忽然涌上心头。

阿祥伯指挥其他几个桨手把公鸡、烧猪、烧酒、苹果、香烛、龙眼叶、爆竹以及锣鼓搬到新龙舟上。他来到龙舟神位上,插上香烛和龙眼叶,摆上公鸡、

---

① 利是:红包,广东人称为"利是"。

# 第十一章　骏水

烧猪等祭品,口中默念着祈愿的吉利话,对着龙头祭拜。他身后的龙舟少年们,也双手合十对着威猛的龙头拜了三拜。

梓恒身后的诗颖发现他没动,就用手指轻轻点了一下他的后背,梓恒回过头,这才意识到,于是赶紧拜了三拜。

## 第十二章 夏师傅

第二天黄昏,一位消失多年的白须老人的重新出现,让荔枝镇所有曾经听过他的传说的人都惊讶不已。

最先传播这条惊人消息的人是傻福。那时他照例去村前池塘边的阳桃林看蜜蜂。他与曾志成、伟潮哥同年,可是不幸的身世,让他如同人世间冬天里一株缺少暖阳照耀的枯木。

但他并非草木,也非"人类",他自认为自己是一只蜜蜂,每天黄昏,他都会去阳桃林寻找自己的同类。他过去常常对着一只翅膀边缘有个小小圆形缺口

## 第十二章　夏师傅

的工蜂倾诉："我是一只会写诗的蜜蜂，是蜜蜂里的一位诗人，我写了一句好诗，世上最好的诗，可是只留下前半句，后半句弄丢了，亲爱的蜜蜂啊，你能帮我找回来吗？"

那是十年前，阳桃花开得最烂漫的四月的一个黄昏，一位白须老人忽然出现在他面前。那时傻福正坐在最大那棵阳桃树的枝丫上，没有穿鞋的大脚板垂下来。他又找到了那只翅膀边缘有小小圆形缺口的工蜂，他正跟躲在粉白色花蕊里的它说话，而鼻子如鹰嘴般又尖又弯的白须老人的突然出现，把他吓了一大跳。他的身子猛然摇晃了两下，在行将摔下来之际，他一把抓住眼前的枝叶。就在他惊魂未定之时，感觉手心被什么狠狠刺了一下，那种从来没有体验过的疼痛，使他连连甩手，嗷嗷大叫。

他打开右手，一只蜜蜂嗡地飞了出来，在它颤动的左翅膀上，他看见了一个熟悉的圆形缺口。他想去追，可是掌心又痛又痒，他低头仔细一看，肉里赫然嵌着一根细细尖尖的褐色的刺。

## 第十二章　夏师傅

白须老人嘴巴蠕动了一下，正想要跟他说些什么，可是他突然对着白须老人大叫："啊，鬼啊，鬼啊！"

自那一天起，傻福再也没有去过池塘边的阳桃林，再也没有去看过他的同伴——蜜蜂。

岁月如村前池塘的静水流深，一晃间竟然是十年之后了。这一天黄昏，不知为何，傻福竟然又动了去池塘边的阳桃林看蜜蜂的念头。或许是他又一次想到那半句逸失的诗行，或许是他又一次想起了那只曾经伴随他度过好多孤独日子的工蜂朋友，又或许……他自己也搞不清楚。

他又一次爬上那棵变得更粗更大的阳桃树，又一次看见那位似曾相识的白须老人从树下经过。他看见老人下巴的长须比十年前更白更长了，脸上的皱纹也如阳桃树苍老的树皮一样更加沟壑丛生。

不出意料，他又一次惊叫，又一次从树上跳下，风一般奔跑逃离，只留下一句："魔鬼回来了！"

此时的他尚不知道，也许，这就是他曾经弄丢了

的那句世上最好的诗的后半句。

很快，白须老人回来了的消息，就如十月萧萧的秋风一样，一下子就飘荡过整个荔枝镇。

梓恒听到这个消息，心里一咯噔，脑海里闪现出一个奇特老人的模糊形象，大眼鹰鼻，仙风道骨，白须飘飘，在蛟龙般疾飞的夏家村龙舟上，用魔术师般的双手击出魔幻的鼓点。那一年，自己大概还不到四岁吧，他记得那是自己第一次骑在爸爸宽阔有力的肩头上，拨开拥挤的人潮看西江上竞渡的龙舟，而那个白须鼓手的神态与形象是如此令人难以忘记。

后来梓恒才知道，这个充满神秘色彩的白须老鼓手名叫夏雷，力大无穷，声如洪钟，多才多艺，人称"雷公"，也称"三王"：鼓王、龙王、狮王。他年轻的时候是荔枝镇数一数二的龙舟桨手，只输过给梓恒的爷爷陈裕良；中年舞狮头，百里扬名；老年将龙舟鼓单手击鼓改良为自创的双手击鼓，堪称风头无两，举世无双。只是后来他离开了荔枝镇，从龙舟界隐退，搬到了香港与儿女一起生活。

## 第十二章　夏师傅

和傻福、梓恒一样，所有人都没有想到，十年之后，这个一身传奇的老人竟然又回来了。他们尚不知道，这一切还是因为龙舟，因为一个人的诚心打动了他。

这个人，正是诗颖的爸爸周长亮。他在香港办企业时，与龙舟鼓王雷公的儿子有生意往来，有时会聚在一起吃饭。有一次，讨论"新会陈皮"的商机时，雷公也来了，诗颖爸爸就这样认识了他。

诗颖爸爸年少时也热爱龙舟，这次回乡办企业，他也想趁这个机会把少年时未了的心愿通过新成立的荔枝镇少年龙舟队来实现。正是多位企业家资助龙舟协会筹建了这个代表镇上龙舟文化的队伍，而曾教练口中那个热爱龙舟文化的热心企业家正是他。当他看到少年龙舟队第一次正式上场比赛失利的情况后，就马上去办了两件事：第一件是接回之前已定做的十二人新龙舟；第二件就是请"三王"雷公夏师傅重新出山。

比赛后的第二天早上，十月三日，他亲自去香港，

终于用他的真诚打动了老鼓王。

所以,雷公夏师傅就再次出现在荔枝镇了。

次日下午,曾教练召集少年龙舟队全体队员到荔枝涌埠头的榕树下,诗颖爸爸邀请夏师傅给龙舟少年们上第一堂课。

可是,让少年们颇感意外的是,头戴黄草帽、白须飘飘、目光依然犀利如同鹰眼的夏师傅只是客气地跟大家寒暄,既没讲怎么打龙舟鼓,也没讲怎么扒龙舟,甚至连"龙舟"二字都几乎不曾提及。梓恒心里甚是纳闷儿。这时候,他听见夏师傅口气一转,说道:"孩子们,我今天想先给大家讲个故事。"

很久以前啊,大概有三十多年了吧,还有几天就要过年了,镇上突然来了一个乞丐。他和别的乞丐不一样,不讨饭,只讨书,并且只讨小说一类的书。他骑着一匹白马来的,骑白马的讨书乞丐你们没见过吧?我那时也很好奇,心里想啊,这温饱都还未解决,要那么多书干吗?后来我就一路悄悄地跟在他

# 第十二章　夏师傅

后头。

白马的马背上驮着两个大麻包袋,上面用一块大大的防水雨布盖着,想必他讨来的书都放在里面了。每讨到一本书,他都会向善心的人三鞠躬。给他书的人,一般都是读过书的人,也会对他拱拱手回礼。

他牵着白马,走得不算快,我就这样一直在后头

跟着他。

直到天色开始暗下来了,我才看见他在村外晒谷场边一间茅草房前停住。

他刚把白马在一棵榕树下拴好,这时茅草房里就忽然闪出一个人影。两人好像吵了起来,最后还扭打在一起,我正准备上去,这时发现那个人已一溜烟跑掉了,只剩下讨书的乞丐蹲在茅草里嚎啕大哭。

我再也忍不住了,就走上前,递给他一根烟。他惊恐又感激地望着我,我永远也忘不了他那时的眼神。

我看见草房里堆了很多书,地上也七零八散都是书页。

后来,我去买了半斤白米酒,还买了一袋花生、一包牛耳饼、两根烤肠和几个烧饼,我们坐在茅草房的草堆上,边喝酒边聊了起来。

我才知道,原来他是专门写小说的,高中毕业后就开始写,可是十年过去了,二十年过去了,人到中年却连一篇小说也没有发表过。

## 第十二章　夏师傅

他就这样简单地生活着,潦草地过着日子,走遍全国各地,旅途中写小说,也讨点儿小说书籍。他说:"人总得有个梦想,我小说没发表出去,不算作家,但做个讨书的乞丐总算可以吧。"

那一刻,我清晰地感觉到,自己的内心仿佛被什么触动了一下。

从此之后,我再也没有见过那位过年前骑着白马来讨书的人,我不知道他是否如愿实现梦想成为一名小说家,甚至不知道他到底去了哪里,但我永远也忘不了他眼睛里闪耀的光芒。

好了,孩子们,我想分享给大家的故事讲完了,今天的第一堂课也到此结束了。

一班龙舟少年对着夏师傅热烈地鼓起掌来。夏师傅看见,少年们的眼睛里,仿佛也闪耀着三十多年前自己曾经在草堆上见过的光亮。

# 第十三章 漫长的冬训

第二天下午,老榕树下,对于夏师傅昨天讲的那个骑白马来讨书的乞丐的故事,龙舟少年们迫不及待地发表着自己的感悟。

夏师傅边听边捋着长长的胡须,频频点头。

等二十位少年都发表了自己的看法,他一脸欣慰,说道:"孩子们,梦想、热爱、坚持等闪光点,对于扒龙舟一样重要……"

夏师傅点评完之后,在龙舟少年们的热切期待中,终于下水开始传授扒龙舟的技法了……

整个十月,每天傍晚六点,少年龙舟队都会在夏

第十三章 漫长的冬训

师傅的悉心指导下进行训练。

龙舟漂移、龙舟掉头、龙舟刹车、弯道超船……很多闻所未闻、见所未见的扒龙舟技术,让梓恒和一众龙舟少年目瞪口呆,眼花缭乱。

特别是对于"桡法"[①],夏师傅有一套自己独特的见解和实践心得。梓恒知道,这正是夏师傅独创的"夏式桡法",与常规的龙舟划桨不一样,对于"桡"无论是握法、位置、深度、力度、速度都有明显区别。

此外,这个"夏式桡法"发力的部位以全身作为整体,并非传统意义上的仅仅是手臂发力,还有鲜为人知的下半身姿势。一般扒龙舟桨手用的都是坐姿,但是梓恒看得很清楚,夏师傅用的是跪姿!"如果比赛不限定姿势,跪姿比坐姿更适合发力,扒起来会更快。"

看着夏师傅

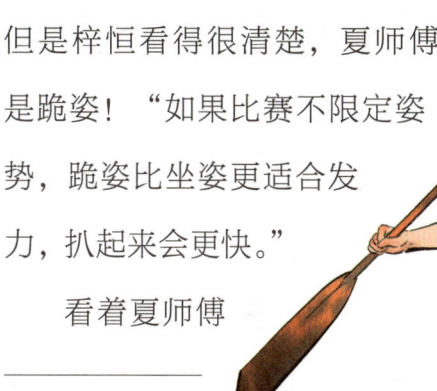

①桡法:划桨的技法。

的跪趴式扒法示范动作，所有人都惊呆了。

夏师傅说，有些以前的姿势和习惯可能已变成了意识定势、肌肉记忆，需要慢慢体会，慢慢调整，长时间训练才能改变和适应过来。大家都点点头，同时也深知未来还有非常艰苦、非常漫长的路要走。

教授了这些团体技战术后，夏师傅开始给龙舟队里最重要的鼓手、领桨手和舵手单独开小灶。

第一天训练课后，他让领桨手梓恒留下来。他给梓恒讲"领桨手"的责任、作用，以及古老而神秘的"领桨手法"，还有如何与鼓手、桨手默契配合。讲着讲着，他情不自禁地回忆起三四十年前那个意气风发的青年领桨手夏雷，回忆起那个时代的欢笑与泪水。梓恒听得入了迷，突然发现夏师傅停止了讲话，眼眶似乎也湿润了。梓恒知道师傅想起往事了。坐在龙舟上的他，默默地陪着夏师傅。

一阵带着凉意的夜风吹来，夏师傅蓦然回过神来，他别过头接着对梓恒说："恒仔，领桨手责任重大，你要做好与前面的鼓手以及后面的桨手的

第十三章　漫长的冬训

串连……"

夏师傅告诉他如何当好领桨手，还教给了他划桨发力的独门秘诀——划桨使用咏春[①]手腕寸劲发力……梓恒认认真真地听着，时不时模仿夏师傅的姿势和动作练上几个来回。

"恒仔，龙舟精神就是拼搏进取、奋勇争先。"

夏师傅此番蕴含着人生哲理的话语，如同暗夜里的熠熠星光，点化着、指引着梓恒人生龙舟的航向。

这一晚，梓恒加练了很久，回到家时，已快九点了。

他一进门，就闻见了香喷喷的饭菜香。妈妈和妹妹还没有吃饭，正坐在饭厅等着他。梓恒走进饭厅一看，妹妹旁边还坐着诗颖，妈妈旁边坐着诗颖爸爸。

梓恒不好意思地连说抱歉，让大家久等了。

诗颖说："不用不好意思，练龙舟最重要，大家执意要等你回来再一起吃。"

梓恒抿了抿嘴，没有说话。这一刻，不知为何，

---

[①] 咏春：即咏春拳，流行于岭南的一种中国传统武术，国家级非遗。

他又一次下意识地想起诗颖对自己爸爸的"质疑",他依然一肚子的不快。

"来来来,坐下吃饭。"诗颖爸爸站起来,把梓恒拉到座位上坐下。

饿得肚子叽里咕噜直叫的静恩见人齐了,就噌的一下从座位上站起身,筷子一伸,夹了一大块"陈皮粉末番茄"就往嘴里塞,口中还念念有词:"开饭咯,我不客气啦!"

自从上次无意中从叶师傅口中得知,那个热心支持少年龙舟队的低调企业家,正是眼前的诗颖爸爸周长亮后,梓恒心里想了许多许多。

龙舟、爸爸、失踪……这些关键词,没有一天不萦绕在他的脑海里。对于这个突然冒出来的周长亮和周诗颖,他内心的看法虽然在发生质的变化,隔阂也似乎在逐渐消融,但是,不知为什么,有些东西他好像始终放不下。他隐隐约约地感知到,那是堵在心里的一块白色石头。

也许,在他的心目中,老龙舟"东坡仔"还在,

## 第十三章　漫长的冬训

爸爸依然活着。

他不禁想起在老杉树上找到的爸爸留下来的记事本，想起那一刻的激动与兴奋。可是，爸爸在本子上并没有留下关于他的去向的只言片语。

一段模糊的影像，又一次在梓恒眼前上映。爸爸沿着荔枝涌潜水到河底找老龙舟"东坡仔"，好久都没有发现，不知不觉已游到了荔枝涌与西江的交汇处，这时突然变得湍急的水浪，把体力消耗得差不多的爸爸冲向下游。就在这千钧一发之际，爸爸抱住河里一棵一个人粗的老杉树。可是开始涨潮了，水位越升越高，浪越来越大，眼看无情的河水就要卷走自己了，爸爸突然看见了老杉树上那个树洞，他就从口袋里掏出随身携带的黑色皮质封面记事本——那个装在密封袋里写满龙舟训练日志的本子，用尽最后的力气再爬高一点儿，当他刚把记事本放进树洞时，一个无情的大浪猛然扑打到他的头上，河里就再也没了动静……

坐在身旁的诗颖用手肘轻轻碰了他一下，神情恍

惚的梓恒这才回过神来。原来是诗颖爸爸夹了一个他最喜欢吃的古井烧鹅腿给他，梓恒赶紧站起身，伸出碗接住，嘴里说道："谢谢叔叔。"

第二晚，夏师傅开始教龙舟鼓手诗颖学习他独创的"双星鼓法"。一般的龙舟鼓手都是单手击鼓，而夏师傅则用双手，这样龙舟鼓的手法和节奏的变化更多，层次更丰富，也更有感染力。

夏师傅左右手各执一根鼓槌，就像敲醒狮鼓那样打起来。他说，狮鼓的鼓法是"七星鼓法"（七声鼓法），而龙舟鼓法变化重点在节奏，不需要狮鼓那么多"声"，所以我就融合了咱们岭南狮鼓和传统龙舟鼓的击鼓手法，创造了双手打龙舟鼓的"双星鼓法"。

夏师傅一边解释，一边示范，他说："握鼓槌用拇指和食指轻抓即可，其他三根扣住以作支撑，打鼓的时候肌肉要放松，所谓'响鼓不重'，打的是技巧，主要靠手腕发力，鼓声一样能很大，这样1000米的比赛打下来也不会太累，女仔鼓手也一样行！打的时候还可以'加花'，也就是打花鼓，这样鼓声节奏变

## 第十三章　漫长的冬训

化的层次感就更加丰富,也更有感染力,你听听……"

诗颖专心致志地听着,不时也模仿试打上一段,她只觉得,夏师傅的"双星鼓法"仿佛有一种魔力,让人上头,又充满加油鼓劲的力量,简直就是龙舟鼓速度与激情的最佳演绎。

夏师傅对诗颖说:"鼓手很重要,桨手们都要听鼓手的指挥,如果鼓手控制不好,整个队伍就很难凝聚。鼓手就是指挥官,要提升与领桨手、桨手和舵手之间的默契与信任,增强协调感、控制力和稳定性,把握好节奏,化龙舟桨手的力量为队伍的推进力,使整支队伍呈现出最佳的竞技状态……"

"鼓手就是龙舟的灵魂,代表一种节奏感,鼓的节奏先快后慢,让桨手有一种气的缓冲,到最后冲刺,鼓声变得密集,让桨手把身体的全部力量集中爆发出来,齐心协力向前冲……"

诗颖边听边点头,说:"夏师傅说得对,只要手握鼓槌,我就要擂响龙舟的心跳,向着梦想进发!我一定要证明给陈梓恒看,打龙舟鼓女仔一样行!"

第三晚，夏师傅让龙舟舵手叶航留下来，教授他掌舵的技巧。夏师傅问："航仔，起点和终点之间什么线最短？"

叶航心想，这个夏师傅总是神神秘秘的，也不知道是不是有意考我，这道题呀，小学生都会啦，会不会有诈？他正犹豫着，夏师傅又问了一次，他这才回答："直……直线。"夏师傅点点头，又摇摇头，叶航不禁打了一个哆嗦。

夏师傅说："两点之间当然是直线最短，保持直线是龙舟舵手的任务，但龙舟比赛不单单只有直道赛，还有大小河涌的弯道赛，还需要拐弯，甚至掉头。还记得我之前示范的龙舟漂移、龙舟拐弯、龙舟掉头、龙舟刹车吗？要控制好这些技巧，舵手无疑就是最关键的那个人。一个舵手最重要的是要有方向感，作为整条龙舟最后面的一个人，要听从鼓手的指挥，眼观六路，耳听八方，感知风向，观察水流，保持龙舟航向精确、平稳，既要沉稳冷静，又要随机应变，该直线时要坚决保持直线，该拐弯时要完美掌舵

## 第十三章　漫长的冬训

拐弯……"

叶航认真地听着,他心悦诚服,夏师傅果然就是夏师傅,从他口中说出来的龙舟技法,就像人生箴言一样……

转眼间到了十一月,秋风送爽,四种独属于这个季节的香味开始在荔枝镇的空气里弥漫开来。干燥的秋风和明澈的秋阳一露脸,家家户户的天台上、院子里便忽然冒出许许多多的竹竿和绳子,上面挂满了涂过酱油和海盐的鲮鱼干、鲫鱼干,以及用白米酒腌制过的广式腊肉和腊鸭,地上则摆满了切成三瓣的青色或青里带红的新会柑皮。

晒鱼干、晒腊肉、晒腊鸭,荔枝镇先辈数百年的疍家习俗被传承至今,豆豉鲮鱼干炒油麦菜、腊肉炒白菜心、腊鸭荸荠艇仔粥,还有陈皮豆豉蒸排骨……一道道独属于秋天的岭南应节佳肴,让荔枝镇的龙舟少年们既大饱口福,也储藏了更多能量。

诗颖爸爸还特别为龙舟少年们研制了一种独特的陈皮荔枝茶,具有养气开胃健脾强身之功效,有助

于提升桨手们的体质和体能。谁也没有想到,这将在以后的大赛上无形中成为荔枝镇少年龙舟队的秘密武器。

就这样,鱼干、腊肉、腊鸭,还有新会陈皮的浓浓香气,为秋日的荔枝镇增添了几分别具一格的韵味。

到了十一月底的时候,诗颖奶奶阿英婆婆在诗颖这半年的悉心照料下,身体状况有了明显好转,如今已经可以认出诗颖来了——尽管有时还是对不上诗颖的名字。阿英婆婆七十大寿那天晚上,诗颖爸爸在家里举办生日宴,邀请夏师傅和梓恒一家参加。可是最后只有夏师傅、梓恒妈妈和静恩来了,梓恒推辞说约了同学来不了。诗颖知道后心里五味杂陈。

# 第十三章 漫长的冬训

诗颖特意亲自下厨做了一道奶奶最喜欢吃的家乡菜——大头冲菜蒸肉饼,将腌制过的大头冲菜切丁,加入手工剁碎的瘦肉,再放上荔枝镇人人都喜欢的陈皮,清蒸十分钟,牙齿不好的奶奶最喜欢的一道家乡特色佳肴就可以上桌了。

诗颖在准备食材时,剁肉饼用的是两把刀,左右手同时开弓。只见她把刀当成龙舟鼓槌,把木砧板当成龙舟鼓,就像打龙舟鼓一样剁起砧板上的肉来。敲砧板边发出"嘚"

声,剁砧板中间的瘦肉发出"咚"声,两把刀碰在一起发出打传统民族乐器镲的"锵"声。于是厨房里传来了诗颖练习"双星鼓法"的奇妙"鼓"声:"嘚咚咚锵,嘚咚咚锵,嘚咚咚咚咚咚锵……"

坐在客厅的夏师傅被这熟悉又魔幻的"鼓声"吸引住了,他循声走入厨房一看,不由得大吃一惊:"哎呀,诗颖啊,你这不是'双星鼓',而是'双星斩'呀!也不是'双星鼓法',而是'双星刀法'……"

"夏师傅,起桡——哦,不对不对,起菜……"诗颖咯咯地大笑道。

夏师傅深感欣慰,看来真的就像自己这个得意门生所说的那样,"打龙舟鼓女仔一样行!"夏师傅不禁对眼前这个剁肉也不忘练打鼓的女弟子竖起了大拇指。

十二月,天气一日比一日凉。

到了这个季节,一年中所有的龙舟赛事通常都告一段落了,大多数的龙舟就像冬眠的小动物一样,被藏好了。

## 第十三章　漫长的冬训

各个乡镇的少年龙舟队，也陆陆续续结束了训练，进入一年中的"休训期"。要等到明年春天，天朗水暖之日，他们才会重新集结。

但是，荔枝镇少年龙舟队不一样，尽管河涌的水已经越来越凉了，夏师傅和曾教练依然每天下午六点准时在埠头的老榕树下，等候着龙舟少年放学归来。

"笨鸟先飞"，夏师傅是这样跟梓恒他们说的。他说："我们组队比其他乡镇迟了一两年，他们可以'冬眠'，我们可不能。"

十二月下旬，荔枝涌上的风有些凉了，日落的时间也一天比一天早，后来不到六点半，天就快黑了。而少年龙舟队里七八个明年要参加中考的队员，学业也越来越重了。

夏师傅决定，调整训练计划，改为每周三晚"夜训"，周六、周日"午训"。周三晚的夜训以力量和体能训练为主，在龙舟训练基地室内进行，不用下水，而周六、周日则是水上技战术训练。

周三晚的夜训结束后，诗颖和静恩结伴走回家，

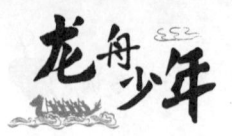

梓恒本来不想跟她俩一起走的，但无奈被妹妹硬拉住不放，非让他做诗颖和自己的保镖不可。梓恒只好稍稍走在她俩前面一点儿，还刻意与诗颖保持一段距离。

月亮不知什么时候已爬上了树梢，冬夜的月光，透过紫荆树和异木棉的枝叶，轻轻洒在村前的小路上，影影绰绰，如同一个亦真亦幻的梦。略带凉意的空气里，弥漫着不知哪儿传来的花香，清甜又新鲜，诗颖一度认为，这就是荔枝镇独有的夜的气息。

风有些大，诗颖把风衣的领子紧了紧。她和静恩并肩走着，梓恒则一个人走在前面，并且越走越快。

"爸爸在村头建的房子，今天第一层已建成啦！"诗颖清了清嗓子，提高了声调。

诗颖这句话，明显是想讲给梓恒听的。可是他似乎一点儿反应都没有，头也不回一下。

静恩倒是兴奋地拍起掌来，说："好嘢（粤语，太好了）！"

从诗颖回到荔枝镇第一天起，静恩就把她当成自

己的偶像，无论穿着打扮，还是兴趣爱好，都有意无意地把她作为自己的学习榜样。留了多年的双马尾辫，如今也变成了和诗颖一样的大方又俏皮的高马尾。而她之所以参加荔枝镇少年龙舟队，成为啦啦队队长和后备鼓手，也是诗颖要当龙舟鼓手的缘故。

"到时接上奶奶过来住，她腿脚不方便，住在一楼对着花园的房间。"诗颖说。

"奶奶现在好些了吗？"静恩问道。

诗颖的眼眶红了，她说："虽然身体已经恢复得差不多，但头脑没有之前那么清晰了。"

静恩的小手握得更紧了。

静恩见梓恒头也不回地走着，好像没有心思参与她俩的话题，就对着他的背影喊道："大哥，到时候我们一起去她家新屋烧烤吧！"她的嗓门儿有些大，声音划破了冬夜的宁静。

梓恒这才回过头，脸上却是似乎毫不知情的无辜神色，说道："什么新屋？"

"诗颖姐姐家的新屋呀。"静恩回答。

## 第十三章　漫长的冬训

梓恒怔了一下，看了诗颖一眼，刚好碰触到她凝望自己的目光，啊，那是如此真诚、如此坦荡的目光。

梓恒的脸突然唰地红了，他赶紧收回目光，习惯性地用手指搔搔头发，转过身，往村子的方向大步走去。

快要到叶家大宗祠时，梓恒发现里面的灯还亮着。他让诗颖和妹妹先回家，自己则走到祠堂门口。他发现门牌旁边多了一个新牌匾，上面赫然写着：荔枝镇龙舟文化创艺工作室。

梓恒抬脚跨过高高的实木门槛，看见伟潮正在低头忙着什么。"伟潮哥。"梓恒敲敲门，叫了一声。可是伟潮因为太专注手中的活计而没听见，他依然埋头一刀一锤地雕刻着什么。

梓恒走进去，伟潮这才抬起头来。他小心放好手中的一大块木头，说："啊，恒仔来了，我在做一个重要的龙头呢。"

他在梓恒好奇的目光中继续说道："村里老龙舟'东坡仔'虽然失踪了，但原先的百年龙头还在，我

前段时间找出来看了一下,发现老龙头有些破损了。我就想着重新复刻这个传统的老龙头,希望能够原汁原味地还原出来……"

梓恒想不到,思想新潮的伟潮心里还装着这么传统的东西。梓恒不禁向他竖起大拇指。

# 第十三章 漫长的冬训

摆在工作台上的是一个尚未完工的龙头雏形,就是一大块白中略带浅灰的原木。梓恒闻到了一阵浓郁的薄荷香味,他问:"伟潮哥,这是什么木?"

"樟木,龙头和龙尾一般都是用樟木做的。和龙舟不一样,传统龙舟用坤甸木或者铁楸木,新式龙舟用杉木或松木,龙舟桨则用苦楝木。"

梓恒听得入了迷,原来制作龙舟不同的部件所用的木材还不一样。他问伟潮为什么想着要复刻百年老龙头。

伟潮说:"龙头和龙尾是龙舟的'灵魂',是可拆卸的独立部件,平时放在村子的祠堂里供奉,到端午龙舟季前才会'请'出来安装到龙舟上。龙头是一个村子的重要标志,代表着村民的一种信仰;而老龙头在整个龙舟传统文化里面,是一种比较直观的载体,所以我希望把各个村子的老龙头复刻下来,把龙舟文化最原始、最传统的那个味道保存下来。旧龙头最有味道,每一个都有独一无二的故事,但是现在的龙头与百年前的相比变化很大,我希望'找回'荔枝镇

传统老龙头的神韵。我走访了很多村落，还向爷爷取经，争取融入村子自身独特的历史文化元素，重现龙头的文化内涵和韵味。"

伟潮轻轻抚摩着工作台上的白色龙头，继续说道："传统龙头颜色以红、绿、金、黑、白为主，经过选材、设计、开坯、勾画、粗雕、精雕、打磨、抛光、上色等十几道繁琐的工序后，再安装上鼻球、龙舌、龙须、龙珠、龙角。龙头雕刻是个细致活儿，讲究刀工精准、细腻，全靠手工操作，完成一个新龙头最快也要两三个星期时间。相比其他地区，荔枝镇的龙头雕刻制作技艺更精细，寓意更丰富，龙头上刻有福鼠、祥云等……"

伟潮如数家珍，梓恒听得如痴如醉。这时候，叶航和伟浚这对死党也走进来了，叶航手里还拿着两杯珍珠奶茶。

他看见梓恒，愣了一下，然后把一杯奶茶递给伟潮，说："大哥，给你。"

伟潮起身小心翼翼地接住，离开工作台，想必是

## 第十三章 漫长的冬训

担心奶茶洒在尚未完成的龙头上。

"等我将这六十多斤的木头,雕刻成十多斤的时候,我就请你们三人喝镇上最贵的荔枝奶茶。"

"伟潮哥说话要算数哦。"伟浚笑着打趣道。

"一定一定。不过你这个体重超标的副领桨得少喝几杯……"伟潮说完,又坐下来埋首雕刻龙头。

三个龙舟少年目不转睛地看着,心里充满了无限的期待。

时间一晃,就到了一月。整个荔枝镇北风萧瑟,寒江寂寥。

荔枝涌的河水一天冷似一天。但是,"扒龙舟没有淡季,只要心怀梦想,每个季节都是龙舟季。"想起夏师傅这句话,刚上完课的梓恒不觉加快了脚步。

自从进入寒冬之后,室外风大水冷,并且河上游进入枯水期,荔枝涌部分河段的水位下降而不适合扒龙舟,夏师傅就把少年龙舟队的训练安排在龙舟训练基地室内进行。

可是,基地室内虽然宽敞,但不在河上怎么开展

龙舟训练呢？就在他边走向基地边纳闷儿之时，叶航骑着单车在他跟前突然一个急刹。

"据说待会儿有惊喜喔。"叶航神秘兮兮地对梓恒一笑。

梓恒疑惑地望了望叶航，用手指捋了捋头发，然后跳上叶航的单车后座，使劲捏一把他的肩膀，说道："别卖关子啦，快走，快走！"

等走进基地门口，梓恒发现前面已里里外外围满了人。他挤进去定睛一看，一下子就惊呆了。

眼前竟然有一条小河，河上还有一条龙舟！

小河是新开挖的，水在流动，应当是与基地室外的荔枝涌河道连通了。

啊，多么伟大的创意！

梓恒感叹着，只觉头皮发麻，一种出乎意料的惊喜与幸福的感觉，瞬间击中了他此前曾经冰封的心灵。

"还是那位热心企业家的创意。"在龙舟少年们疑惑的目光中，夏师傅解开了谜底。

## 第十三章　漫长的冬训

又是诗颖爸爸，用心良苦的诗颖爸爸！一股热流倏地涌遍梓恒全身，他感到眼睛里有什么东西在微微颤动。

就这样，在岭南湿冷的冬天里，在独一无二的人工开辟的室内河涌上，在其他龙舟队都已休养生息的整个一月份，荔枝镇少年龙舟队进行着史无前例的漫长又充实的龙舟冬训。

# 第十四章 河边的秘密

岭南的一月末,多是一年中最寒冷的一段日子。

这些天荔枝涌上游的水越来越少了,下游的水位持续下降,有几处河段的拐弯处,现出河床黑色的淤泥和沙子,以及散布其间的大大小小的鹅卵石。

中午时分,天空灰蒙蒙的,刮着呼啸的北风,傻福依然穿着那件一年穿到头的黄色高领长袖衫,一个人沿河边走着。他肩上扛着一根灰色的竹篙,时而拿到手上,哼哼哈哈地舞上几棍。

没有人知道他去哪里,去干什么。傻福不见了的消息传到梓恒耳朵里时,已是下午训练课结束后。

## 第十四章　河边的秘密

夏师傅说："这傻福啊，其实不傻，我那天从香港回来，经过池塘边上的阳桃林，看见他望着蜜蜂出神，怕他被蜇，正想提醒他，谁知这家伙扔下一句'魔鬼回来了'，就撒腿跑了。你们看，他其实不傻，我听说他还会作诗呢。我平时没空，有时间倒是想会会这样有意思的高人。"

大家都被夏师傅逗笑了，曾教练说："是啊，你还别说，他也特别喜欢看扒龙舟，上瘾了，算是我们荔枝镇龙舟队最忠实的粉丝，每年比赛他都会来为我们打气。有时候我们训练，他也偷偷在岸上看呢。"

夏师傅点了几个队员的名字，带上他们去找傻福。

路上遇到村民说，中午在荔枝涌河边见过他，他手上还拿着一根竹篙舞来舞去。

竹篙？傻福拿竹篙去干吗？梓恒心里生出一大串问号。

叶航一拍大腿，说："我想起来了，傻福这段时间经常拿着竹篙，我上个星期六还在河边碰见过他。我问他去干吗，这家伙支支吾吾没说明白。"

夏师傅说，"竹篙"是关键，叶航，那根竹篙什么颜色的？多粗？长不长？

叶航想了想，说："好像是灰色的，其中一头还粘着黑色的泥巴，拳头大小，长度比我还高不少。对了，那根竹篙有点儿眼熟，好像在哪里见过。"

夏师傅捋了捋长须，说道："嗯——我虽然不知道傻福现在在哪里，但我大概知道他今天去过哪里了。"

龙舟少年们一听，莫不面面相觑，又满脸好奇，全都眼巴巴地望着夏师傅，一副愿闻其详的表情。

夏师傅说："找到灰色竹篙，就能找到傻福，快跟我走。"

少年们像流水一样倏然汇聚到夏师傅身后，跟着他朝河涌方向奔去。

"'藏龙'的龙舟坞在哪里？"夏师傅突然问道。

梓恒一愣，可当他仔细一想，顿时茅塞顿开。竹篙、灰色、黑泥、眼熟、藏龙……当把叶航和夏师傅口中这几个关键词拼在一起的时候，梓恒恍然大悟。

## 第十四章 河边的秘密

叶航似乎也受到了启发，他兴奋地一声惊叫："啊，我想起来了，是'藏龙'作标记用的那根竹篙，怪不得这么眼熟！傻福四月初八那天就把它扛回家了。"

"就在前面不远。"梓恒不知为何一时紧张起来，声音也微微颤抖着。一种突如其来的惆怅，如潮水般将他淹没。

这条荔枝涌，曲折蜿蜒，如同一条长长的蛟龙，自西向东盘缠飞越整个荔枝镇。一方热土，只要有了河，有了水，就有了生气，有了灵性。游泳、捉鱼、钓蟛蜞、扒龙舟……镇上的少年与荔枝涌朝夕相处，对像小伙伴一样的它再熟悉不过了。

拐过一个大弯，几棵披了红装的水杉树映入梓恒的眼帘，前面便是藏龙舟的河段了。这个季节是水杉一年中最美的时候，先前绿色的枝叶，渐次变成黄色、深黄色、橙色，如今全部变成红色了，可谓层林尽染，倒映在水中，如同一片片红彤彤的晚霞。

可是梓恒此刻却没有心情去欣赏这美景，他快步

## 第十四章 河边的秘密

走向藏龙舟的龙舟坞,在前面三十米的地方,他只觉眼前一亮。

竹篙,"藏龙"用的竹篙!因为长年累月插在水中作为龙舟所在处的标记,饱受日晒雨淋,当年砍下来的青竹子,逐渐变成黄色,后来又变成了灰色。竹篙插在河涌底部黑色淤泥里的部分,就被染成黑色,还带着黑泥。

梓恒大步走上去,双手用力拿起竹篙,竹篙在他手中沉了一下,看来不轻。

这一定就是傻福拿走的那根竹篙。可是他人现在到哪儿去了呢?

其他龙舟少年们和梓恒一样,都陷入了沉思。突然,眼尖的伟浚指着河面一处说:"快看!"

靠近河边的地方,好像有一件衣服。啊,黄色的高领长袖衫,是傻福的!

所有人的目光,都聚焦在河里四处搜索着,可是除了这件衣服,河面空空如也,其他什么都没有发现。

就在大家准备继续往下游去找时,队伍最后面的

叶航突然一声惊叫,使夏师傅他们正要迈开的步子又停住了。

众人聚拢到叶航身边一看,不由得目瞪口呆。

原来刚才傻福遗留下来的那根竹篙上面,竟然还有记号,那是用黄色泥块画的两个圆圈,上面一个是空心的,下面一个是实心的,最底下还有一个像一弯月亮的黄色图形,显然这是某种不为人知的标记。

这两个黄色圈圈是代表太阳吗?两个太阳再加一个月亮又是什么意思?是谁画上去的?如果是傻福,他为什么会留下这样奇怪的记号?

寻找傻福的线索,因为这两个截然不同的"黄太阳"和一个月亮而陡然变得扑朔迷离起来,甚至有些神秘和离奇。

难道不会游泳的傻福也被水冲走了?

"高人,高人呀!"夏师傅捋着白色的胡须感叹

## 第十四章　河边的秘密

了两声。

少年们的目光齐刷刷地定格在夏师傅身上，只听他说道："这个傻福啊，有我年轻时候的风范！哈哈！"

"大家不必再去找傻福了，他现在应当已经平安回到村子里。他留下来的这个'作案'现场，其实已经把所有谜底都揭开了。如果我没有猜错的话，他还暗示了一个惊喜给我们。"

听夏师傅接着这么一说，大家更加疑惑，也更加好奇了。

"一虚一实？月亮？"梓恒口中念念有词，突然一拍大腿，说道，"夏师傅，夏师傅，我知道啦，我知道啦！"

没等众人反应过来，梓恒就拿起竹篙往回走了几步，随即顺着竹篙滑到河里。他在大家诧异的目光中游到冰冷的水里，随即潜入河底，只留下几个奇幻般的泡泡在河面咕嘟咕嘟响。

不一会儿，他浮上水面，激动地大喊："找到啦！

'东坡仔'找到啦!"

夏师傅又捋了捋长须,脸上显出一个欣慰的笑容。岸上的龙舟少年们兴奋得全都跳起来,叶航和伟浚还拥抱相庆。

曾教练脱下运动外套,给上了岸的梓恒披上。梓恒在大家期待的目光中,解开了傻福留下来的这个堪称"河边的秘密"的迷局。

他说道:"那个弯弯的月亮形状,其实不是月亮,是月亮船,也就是代表老龙舟'东坡仔'。前面两个圆圈,最顶上那个也就是指向东边的那个,中心是空的,也就是虚的;而下面靠近龙舟标记也就是指向西边那个,是实心的,也就是实的。一虚一实,傻福暗示我们原先'藏龙'向东的下游地方没有龙舟,龙舟真正所在的地方是在西边靠上游方向,也就是我们现在所在的这个河段。"

"那为什么原先'藏龙'的地方没有老龙舟'东坡仔',下游当时去找了也没有,反而现在在靠上游的位置呢?"叶航一脸疑惑。

## 第十四章 河边的秘密

"我推测可能是这个原因,"梓恒说,"农历四月初八老龙舟'东坡仔'失踪那天,就在大家都以为它是被大水冲向荔枝涌下游,乃至冲到西江去了的时候,其实这艘百年老龙舟就在'藏龙'河涌往上游100米左右的淤泥处。谁也不知道那个'龙舟水'暴发的夜晚到底发生了什么,所有人都以为龙舟肯定是沿着水流的方向被冲往下游去了,但也许在那个不可思议的暴雨之夜,西江上游的雨更大,加上涨潮,西江的大水如洪水般倒灌进荔枝涌里了,一直向河涌上游方向涌入,所以就有可能将淤泥之下的老龙舟冲向了荔枝涌往上游的方向,而不是大家按常规思维以为的下游。老龙舟被水流冲往上游100米后,底下也是淤泥,就陷在了下面,所有人都没有发觉,所有人都忽略了,所以一直都没有找到。直到今天,因为冬季水位下降,到河涌里玩的傻福,无意中用竹篙探到了河底的神秘之物,原来就是失踪的老龙舟'东坡仔'。他就脱了衣服放在这附近作标记,还把竹篙放在这段河岸以防忘记具体位置,并且在竹篙上面作了

记号。然后他就想跑回村里通知人,从这里回村子的路除了河岸这一条,还有穿过一片香蕉林的另一条捷径小道,也许他就是走了更快的那一条,所以我们始终没有遇上他……"

梓恒讲出自己的推理,龙舟少年们听完了,莫不佩服得五体投地,全都热烈地鼓起掌来。

夏师傅的眼睛炯炯放光,他笑了,笑得好灿烂,为这个一点就明的聪慧弟子。他打趣道:"恒仔抢了我的台词呀!他分析得很有道理,和我想的一模一样。不过现在,我们得想办法'起龙',把老龙舟'东坡仔'挖出来划回村里保养。"

"'东坡仔'虽然是一条十二人的小龙,但因为是用非常重的坤甸木做的,靠我们几个一时半刻还起不了龙啊。"伟浚说。

"我们再等会儿,如果梓恒推理没错,傻福回村里叫来的援兵应当很快就到了。"曾教练提议道。

果不其然,不到一刻钟,傻福就带着阿祥伯、舵手何平哥、诗颖爸爸、梓恒妈妈、诗颖和静恩等人赶

## 第十四章 河边的秘密

来了,他们手里还拿着鞭炮、香烛、苹果等一大堆仪式用的物品。

在大家的齐心协力之下,阿祥伯终于把半年前没能举行的"起龙"仪式圆满办成了。

所有人都下了河涌,帮忙清洗"东坡仔"上的淤泥,洗得最卖力的那个,是傻福。

仪式快结束的时候,梓恒妈妈拉过梓恒和静恩,对着河上的老龙舟"东坡仔",向着东面西江的方向,跪了下来,郑重地拜了三拜,磕了三个响头。

岸上所有的村民都双手合十,为梓恒的爸爸陈庆年,为这位荔枝镇龙舟队的队长默默祈祷。

傻福无意中发现了荔枝涌河边的秘密,找到了老

祖宗留下来的百年老龙舟"东坡仔",村民们欣喜若狂,整个镇子都热闹喜庆起来,就像过节一样。

少年龙舟队特别留了一个位置给傻福,一起划着"东坡仔"沿荔枝涌一圈又一圈,仿佛一点儿都不觉得累一样。岸上的村民见了,无不举手欢庆。

总归是圆了爸爸一个心愿。坐在领桨手位置的梓恒想着,鼻子蓦然一酸,眼泪流了出来。

打鼓的诗颖看见了他晶莹的泪水,充满柔情地望着这个忧郁的少年,她心底最柔软之处,仿佛也被什么轻轻触碰了一下,一滴眼泪滑落在她拿着鼓槌的白皙的手上……

## 第十五章 春天

春节到了,年三十那天晚上,梓恒和诗颖两家邀请夏师傅一起吃年夜饭。

诗颖爸爸说:"我们的新屋建好两层了,再过两个月,第三层封顶,估计夏天就可以装修好搬进去住了。"

大家举杯相庆,夏师傅抿了一口玉冰烧米酒,捋着长须,讲起了他那个时代扒龙舟、舞狮子的隐秘往事。

"心有顾虑的人,是绝对不可能赢的。"夏师傅若有所指地看看梓恒,又看了看诗颖。

梓恒的脸红了,他感到自己的内心深处,好像被什么实实在在地触动了一下。他装作不经意间偷偷瞥了诗颖一眼,发现她略圆的脸上,也泛起了浅浅的红晕。

酒酣之后,夏师傅眯着眼睛说:"我想送四个字给大家。这个故事的主角不是我,而是大家都熟悉的那个苏东坡。你们都知道,那年他被贬琼州,路上遇见'龙舟水',在我们西江今日的东坡亭附近上岸休憩,之后前往海南。再后来宋徽宗登基,他得到大赦,可惜回程途经常州时病倒了,他在弥留之际留给世人一句四字遗言:'著力即差',意思就是说,凡事不要用力过猛,有时候过于使劲儿反而就错了。人生中有些心结和执念也要学会放下。人生如此,扒龙舟亦如此啊……"

听完夏师傅意味深长的一番话,梓恒忽然觉得心胸前所未有地开阔和豪迈,仿佛看到远处的大江,看到江上的龙舟,心中还有清风徐徐拂过。

诗颖也豁然开朗,一句诗不期然从她嘴里脱口而

## 第十五章 春天

出:"星垂平野阔,月涌大江流。"

这是一个特别的除夕之夜,两位龙舟少年隐隐约约体悟到了此前未曾领略的人生道理,关于生活,关于家庭,关于理想,关于龙舟,也关于未来。

早春三月,东风拂面,诗颖欢快地走在路上,蓦然想起一句诗:"沾衣欲湿杏花雨,吹面不寒杨柳风。"

她今天穿了一条浅绿色的长裙,如此婀娜多姿,就像春天里随风起舞的垂杨柳。她欢快地走在荔枝涌河堤上,时不时优雅地轻举纤手,踮起脚尖,灵活地转了一圈又一圈,就像一朵刚刚绽放的新鲜蔷薇在春风中跳起华尔兹。

是啊,春天来了,一个多么温柔又美好的季节呀。万物复苏,小镇处处一派生机盎然,就连沉睡了一个冬季的龙舟们也仿佛开始蠢蠢欲动了。

荔枝涌上的船只渐渐多了起来,大型龙舟和小型龙舟,传统坤甸木龙舟和新式杉木赛龙,都渐次来回

穿行于河上。

少年龙舟队热火朝天的春训也就此紧锣密鼓地拉开了序幕。

龙舟少年们憋了一个冬天的劲儿,终于如同这春天里荔枝涌潺潺的河水一样,得以恣肆汪洋地流淌出去。

诗颖的龙舟鼓训练不受环境约束,经过夏师傅一

第十五章 春天

个冬季的悉心指导,还有她每天默默的加练,鼓艺不知不觉之间突飞猛进,特别是夏师傅传授给她的"双手击鼓"绝技,早已不可同日而语了。

万事万物经过一个冬天的蛰伏,都会迎来自己的春天。

但是,对于这个暂时还没有完全战胜自己的忧郁少年陈梓恒,诗颖很想走进他那深不可测的内心,去认识他、理解他、关心他、帮助他。

有时候,看见梓恒一副不开心的样子,诗颖很想知道他究竟在为什么而忧伤呢。

她一遍遍问自己,答案有时似乎是肯定的,但有时又似乎不那么肯定。

诗颖也有自己的烦恼呀。那些春风轻拂的雨夜,她独坐窗前,听着春雨淅淅沥沥的声音,心里常常感到怅然。

其实她何尝没有梓恒那种失去至爱的心痛感觉呢?梓恒失去了爸爸,而诗颖更是连自己妈妈的样子都没记住。她记得很小的时候,就问过爸爸:"爸

爸,妈妈去哪儿了呢?"爸爸说:"妈妈变成了天上一颗星星。你想妈妈的时候,就看看夜空中最亮的那颗星星,把你的心事告诉妈妈,妈妈会听见的……"

　　想着想着,诗颖抬头看了一眼窗外,这个春夜,天上没有聆听自己说心事的星星,只有下个不停的绵绵细雨。

　　想到这里,诗颖从书桌前倏地站起身,快步走进春天的夜色中,她要去找梓恒,要跟他说一句话,一句想告诉他很久很久了的话。

# 第十六章 第十三人

　　小镇的日子如同荔枝涌的河水,不紧不慢地向前流淌着。

　　三月,岸边的黄花风铃木开花了,就像一朵朵黄色的云影点缀在水上。用来做龙舟桨的苦楝树,绽放出迷人的淡紫色花儿。河边的水杉在这个季节也抽出了嫩嫩的新芽。

　　四月,硕大的木棉花如同穿了红衣裳的鸽子,泊满了村头那棵百年红棉的每一个枝头。流瀑般的白色荔枝花,也忽如一夜之间开满整个荔枝林,一树一树,如雪如云。

## 第十六章　第十三人

五月，埠头老榕树上的知了一叫，少年龙舟队的训练便进入最后的紧张备战阶段了。

今年，全省青少年传统龙舟锦标赛在荔枝镇举行，虽然去年市级赛没有出线，但由于东道主身份，荔枝镇少年龙舟队获得了一个宝贵的参赛名额。主场作战的龙舟少年们攥紧拳头，跃跃欲试，队长梓恒更是铆足了劲儿，如果本次比赛获得第一名，就可以取得七月份在香港举行的首届国际青少年龙舟邀请赛的参赛入场券。

今年省级比赛的龙舟类型是传统龙舟，也就是用坤甸木做的龙舟，而不是去年那种新式杉木赛龙。荔枝镇失而复得的百年老龙舟"东坡仔"经过一番保养，这条见证了小镇百年沧桑史的传统小龙焕发出了新颜。

村中长老二伯公亲自为龙头主持"龙眼点睛"仪式，祭拜、迎龙、抚龙、接龙、参拜、点睛、赠物、回龙、龙宴、游龙、庆龙，一整套流程下来，老龙舟"东坡仔"更加气宇轩昂。

采青那天，二伯公安排诗颖担任鼓手。诗颖第一次参加这样的民间活动，心里有说不出的好奇与激动。

拜过神的龙头，已在老龙舟上安装好，出发的吉时到了，诗颖、梓恒、伟浚、叶航和静恩等一众龙舟少年将"东坡仔"扒出荔枝涌口，阿祥伯说这个步骤叫"出海"。期间，诗颖按照夏师傅一再叮嘱的习俗，打的是"暗鼓"，也就是用鼓槌只敲鼓边。后来龙舟扒到宽阔的珠江水系河道西江，经过江边的稻田时，诗颖看到一片片绿色的滚滚稻浪，看到了田埂上早已等候在此的曾教练和何平哥。曾教练采了一束茁壮的禾苗，何平哥捧了一束新鲜的龙眼叶，二伯公把它们放进龙头张开的口中。诗颖这时才知道内里有乾坤，原来龙头制作时就设计好，龙嘴里有个小凹位，方便放给龙"吃"的东西。

伟浚将一串鞭炮点燃，扔向水面，震耳欲聋的声音，让诗颖和静恩紧紧捂住耳朵。二伯公就把早已写好的"净水符"贴在船龛和鼓身，口中念念有词，诗

## 第十六章　第十三人

颖听见应当是祈求五谷丰登、一帆风顺、龙马精神之意。到这时候，沉睡的龙舟才算真正"醒来"，可以抖擞精神投入新一年的龙舟活动了。回程时，诗颖就按照采青风俗，打起了"明鼓"，也就是用鼓槌敲击鼓心。

经过采青之后的老龙舟"东坡仔"神采奕奕，威风八面，让荔枝镇所有热爱龙舟的人都欢天喜地。再加上夏师傅的秘传鼓法和桨法的加持，以及龙舟协会的大力支持，经历了比别的龙舟队多出来的漫长冬训和紧张有序的春训之后，走进夏天艳阳中的荔枝镇龙舟少年们对一周之后的大赛，个个都信心满满，志在必得。

夏师傅开始给队员们进行赛前减压，他说："大家要记得我分享过的苏东坡'著力即差'这句四字遗言呀，我们轻松上阵就好，保持平常心，还是那句，做人最重要的是开心。"说完，他看了一眼梓恒，梓恒从夏师傅善意的目光中清醒过来，是啊，平常心，平常心。

又是一年端午时，岭南的龙船花开得最红火的日子，意味着荔枝镇最激动人心的时刻马上就要到了。

今年代表各地市参加本次全省青少年传统龙舟锦标赛的队伍，加上东道主荔枝镇队，一共二十四支。荔枝小镇迎来了历史上的高光时刻，此前还没有任何一项全省性的民间运动能在这个并不大的水乡举办，这一次，来自全省各地的参赛选手和龙舟爱好者接踵而至，把镇上所有酒店和民宿都订满了，也把荔枝涌河岸看龙舟最好的位置都站满了。

岸边熙熙攘攘的人潮里，有一个特别的啦啦队方阵，梓恒妈妈、静恩和诗颖爸爸早早就到了现场，旁边还站着夏师傅、曾教练、何平哥、阿祥伯，就连傻福也闻讯赶来了，他双手高举"荔枝队"的旗子，自始至终都在手舞足蹈个不停。

荔枝涌里静候比赛哨声的十二人龙舟上，鼓手诗颖、队长兼领桨手梓恒、副领桨伟浚、舵手叶航，连同其他八位桨手已各就各位，侧耳聆听起桡的号令。

这次龙舟赛为 1000 米弯道计时赛，青少年组年

## 第十六章　第十三人

龄限定 16 周岁以下，采用男女混合自由搭配方式。

荔枝涌两岸早已围得水泄不通，不少是从外地驾车赶来的龙舟爱好者，密密麻麻站成两条长龙。主场作战的荔枝镇少年龙舟队，拥有天时地利人和的优势。

二十四支龙舟队分成六组进行预赛，每小组第一名出线。鹤山古劳、南海九江、顺德乐从、广州车陂、东莞中堂、番禺上漖等龙舟文化底蕴深厚的传统强队被列为种子队，分别领衔第一至第六小组。荔枝镇分在第六组。

万众瞩目的扒龙舟比赛正式开始了。河涌上龙舟飞驰，龙头昂然，龙须飘飘，翻飞的桨楫，激起水花如雨四溅。

第一组比赛完毕，鹤山古劳队不负众望，获得小组第一名，成为第一支出线的队伍。

接着，分列第二至五小组的南海九江、顺德乐从、广州车陂、东莞中堂也毫无悬念地从各自小组顺利出线。

轮到第六小组了。荔枝镇少年龙舟队与其他三支队伍争夺最后一个决赛名额。河道上，换上古式新龙头的老龙"东坡仔"，洋溢着传统与创新相融合的独特元素，是如此的与众不同。

担任荔枝镇龙舟队啦啦队队长的陈静恩，今天盛装出席，她穿了一套特别的"疍家妹"传统特色服饰，身边的一群女生啦啦队员，也全是清一色的"疍家妹"装束。静恩头上戴了一顶圆圆的褐色疍家渔夫斗笠，那是心灵手巧的妈妈比赛前特意用竹子编成的。她那件素雅的深蓝色疍家麻布长裤，手袖上绣着不同形状的白色花纹。

如今的荔枝镇，依然保留着不少疍家传统文化习俗，除了静恩今天穿戴的这种传统"疍家妹"服饰之外，还有晒鱼干、艇仔粥、咸水歌、编鱼篓、江上打鱼、水上婚嫁等等，而传承得最原汁原味的非岭南水乡的龙舟文化莫属，可以说，整个荔枝镇处处都洋溢着独一无二的浓郁疍家风情。

站在岸上的静恩，这时候目光正快速搜索着两个

## 第十六章 第十三人

人的身影,她不敢大口呼吸,小手的掌心都潮乎乎的。

诗颖此刻正端坐在鼓身写着"荔枝"两个白色大字的龙舟鼓前,她双手持槌,低头专注地凝视着与她朝夕相处了十来个月的战鼓。诗颖高高的马尾用一条炫目的五彩绳绑着。

而梓恒这时候正上身探出龙舟船舷的右侧,左手握住桨把手,右手持桨杆,紧贴水面,整个人纹丝不动,活像一尊雕像,正侧耳聆听着裁判即将发出的起航号令。

此刻停在河道上静静等候的老龙舟"东坡仔",的确器宇不凡,一种骄傲与荣耀从静恩心底油然而生。她的目光顺着龙头往后看,一面崭新的红色队旗,吸引了她的视线。

这面巨大的队旗绣了"荔枝队"三个大字,旁边还有一条黄色的飞龙萦绕其间。队旗就插在船尾,在舵手叶航的身后,迎风招展着。

静恩的心咚咚地越跳越快,随着一声尖锐的哨声响起,作为啦啦队队长的她大声喊着:"荔枝队,加

油！荔枝队，加油！"

梓恒妈妈和诗颖爸爸并肩站着，梓恒妈妈一直望着自己的儿子，诗颖爸爸也一直看着自己的女儿，他俩跟着静恩的口号高呼着"荔枝队，加油！荔枝队，加油！"，一遍又一遍。

一旁的傻福举起那面写着"荔枝队"的红色旗帜，疯狂地挥舞着，上面绣着的黄色飞龙，此刻在猎猎风中仿佛真的腾飞了起来。

曾教练起先将河道上四条龙舟快速扫视一遍，随后目光一一掠过十二名队员，就像检阅出战的士兵一样。

只有夏师傅表情平和，他淡定地凝望着河面，不时捋捋比八个月前刚回小镇时又长了不少的飘飘白须。

老龙舟"东坡仔"上，诗颖的鼓点压着开赛的哨声擂响，几乎同一时刻，梓恒的龙舟桨同步起桡，身后九名桨手节奏统一地扒出第一桨，这次起步配合堪称完美。十桨功夫，荔枝队的龙头已冲到第二位。

## 第十六章　第十三人

前半程领先鹤山荔枝队的是番禺上漖队，和荔枝镇一样，上漖也是龙舟制造之乡，他们的龙舟队和他们的龙舟制作基地一样名不虚传。

不过，荔枝队辛苦冬训的效果还是在后半程发挥了作用，在三分之二航程之处，荔枝队已超越了上漖队。

1000米弯道计时赛是爆发力的比拼，更是耐力的持久战。最后100米，诗颖擂响最后冲刺的鼓点，鼓频如密集的雨点，声声入心。梓恒握紧手中的龙舟桨，扒起的桨频与诗颖的鼓频精准同步。

荔枝队将领先优势保持到了最后，冲过龙门那一刻，全场都沸腾了，在所有观众的见证中，一匹横空出世的黑马，就此诞生了。

龙舟少年们全都激动不已，为顺利进入了决赛而欢呼。静恩带领的啦啦队也围了过来，和队员们击掌庆贺。

夏师傅脸上也绽放出欣慰的笑容，他说："真棒！不过，真正的考验还在后头，待会儿的决赛，古劳、

九江、乐从都是强队中的强队,我们要有搏上一切去打硬仗的准备。"

听师傅这么一提醒,现场变得安静下来。龙舟少年们团团围住他,认真倾听预赛细节的逐一复盘……

决赛就要开始了。

梓恒屏住呼吸,专注地持桨静待哨声到来。这一刻,世界仿佛静止了。

梓恒的桨看上去与其他桨手的不一样,桨柄异常光滑,闪着油亮油亮的光泽;桨杆表面颜色深浅不一,褐色与灰黑色相融,就像历尽沧桑的老人的手臂;桨叶呈偏黑色,刻有一个白色的"陳"字。这是梓恒爷爷陈裕良年轻时用过的龙舟桨,如今又传到了梓恒手中。

每次握着这支祖传的龙舟桨,梓恒就觉得心里会生出一种责任感和使命感。

这时,一声清脆的哨鸣响起,

## 第十六章 第十三人

鹤山古劳、南海九江、顺德乐从、广州车陂、东莞中堂、鹤山荔枝，六条龙舟随即如出水的蛟龙，齐头并进，飞驰竞渡，在荔枝涌河面荡起层层叠叠的波纹。一时之间，河道上仿佛有千军万马在激烈厮杀，龙舟鼓手的击鼓声，少年桨手的呐喊声，观众助威的加油声，如排山倒海般淹没了六月上午的荔枝涌。

六位龙舟鼓手里，只有诗颖一个女生，并且还是罕见的双手击鼓，坐在船头全情投入的她，一下子就成为全场瞩目的焦点。

此时的诗颖正举起月牙般的鼓槌专注地擂响龙舟鼓，她脑后的高马尾也随着鼓声的节奏摆动着。诗颖清新脱俗的气质、黑色的高马尾和独一无二的龙舟鼓法，成为激烈

的龙舟赛场上一道独特、亮丽的风景线。与诗颖面对面坐着的领桨手梓恒，紧踩着她的鼓点节奏使劲扒，激起的浪花层层叠叠飞溅到空中，又迅速落下来，仿佛白色的烟花在空中绽放。

梓恒每次划桨，不但手臂发力，而且从头到腰再到脚，整个身体都会跟着动起来，头也有节律地摇摆，真正做到了人、手、桨、水合一。这是他划桨特有的标志性动作，在一众桨手中一下子就可以认出来。

梓恒身后的伟浚也铆足了劲儿，手臂的肌肉展现出力量之美，这个被称为"水牛仔"的副领桨，正如他的绰号一样，力大如牛，他与后面八名桨手一起，和着梓恒桨起桨落的节拍，"嗨嗬嗨嗬"地呐喊着号子。整条龙舟十名少年桨手划桨的姿势和动作整齐划一。

船尾的舵手叶航一如既往沉稳，就像压舱石，也如定心丸。他单手握着长长的舵尾，目视前方，半站着，身体前倾，跟着诗颖的龙舟鼓拍子前后律动。

## 第十六章　第十三人

扒到300米左右，荔枝队超越了广州车陂队和东莞中堂队，暂居第四名，前面是鹤山古劳队、南海九江队和顺德乐从队。

荔枝队的龙舟少年们一鼓作气，乘胜追击，扒到半程500米处，终于如愿超过了龙舟劲旅南海九江队。

静恩带着啦啦队此时已到达终点附近等候。大家从大屏幕直播画面中看到这个超越镜头，都激动得跳了起来。

一旁的夏师傅也不住地点头。这时候，画面给了荔枝队的龙舟"东坡仔"一个特写镜头，他看见船尾迎风飘扬的队旗，似乎有一点点异样，但又说不上哪里不对劲。

对于这次十年之后的重新出山，他的心里还是感到无比欣慰的。

并不单单是诗颖爸爸周长亮三顾茅庐真诚邀请自己出山时的一句话："夏师傅，人在龙舟在，更何况，如今龙舟不在，人也不在了……"他知道诗颖爸爸指

的是梓恒爸爸和老龙舟"东坡仔"。然而，真正触动他内心的，还有诗颖爸爸递给他的一张照片。照片中一面写着"荔枝镇"的黄色队旗迎风飘扬，龙舟上几位专注地扒着龙舟的少年少女引起了他的注意。他看到高马尾的少女鼓手打起龙舟鼓虎虎生风，看到少年领桨手划起龙舟桨激情澎湃，特别是少年眼里那道永不服输的光，将他冰封的心瞬间击中，他仿佛看到年轻时那个熟悉的自己，以及那个一直未了的心愿。夏师傅一句话也没说，他把照片放回诗颖爸爸手里，转身去卧室，出来的时候，手里多了一对搁置了整整十年的龙舟鼓槌……

一阵惊天动地的加油呐喊声，将夏师傅的思绪从回忆中拉回赛场上。他看到静恩和一班啦啦队员们为自己的龙舟队忘我助威的神态，一种新生的力量，从他的心底忽然升腾起来。

这时候，在荔枝队前面，只剩鹤山古劳和顺德乐从两支队伍了。这两条龙舟势均力敌，你追我赶，不分上下。荔枝队落在它们后面大概三条船的距离。

## 第十六章 第十三人

马上要进入比赛中一个高技术难度的拐弯河段了。前面已经划过2个，不过弯道并不急，而面前这个是S形急转弯，对龙舟来说，难度极大，不但对舵手要求很高，对整支龙舟队的整体配合协作挑战也极大，一不小心就会翻船。

但是，对于荔枝镇少年龙舟队来说，这决非难事。这个弯道，是他们每天训练的必经之处，可以说闭着眼睛都能顺利通过。前面两条龙舟都减慢了船速，小心翼翼地扒着，耽误了一些时间。荔枝队正好趁机紧追其后，这个S形急转弯有两个大弯道，到达第一个时，龙舟少年们配合默契，最前方的领桨手梓恒，首先把整支龙舟桨插入水中，保持不动，作出"刹船"动作，船尾的舵手叶航，默契地快速摆动舵尾，调整航向。就这样，一个漂亮的急转弯，整条龙舟根本没有多余的停顿，像条滑溜溜的大鱼一样，甩甩头、摆摆尾，眨眼功夫就成功过了第一个弯道。

前面就是排在第二名的鹤山古劳队了，荔枝队一鼓作气，在第二个大弯道使出夏师傅传授的秘技，一

个漂亮的"龙舟漂移",瞬间就追上古劳队,紧接着一个"弯道超船",在扒出 S 形急转弯时,已领先古劳队半个船位了。

岸上的观众被这电光火石般神奇逆转的精彩一幕吸引住了,全都热血沸腾,近乎疯狂地鼓起掌来

荔枝队再接再厉,紧咬第一位的顺德乐从队。所有桨手都在拼尽全力埋头扒着,船尾的舵手叶航稳如磐石,他眼观六路,飞快地瞥了一眼河道边巨大的倒数里程提醒牌,只见上面赫然写着"100m"。

"最后 100 米!"他大声提醒队友。

"向前冲!向前冲!"梓恒在心底为自己打气,可是他明显感觉自己的体能已拼到极点。

这时候,不知从哪里,忽然传来熟悉的歌声:

"关于理想我从来没选择放弃

即使在灰头土脸的日子里

也许我没有天分

但我有梦的天真

## 第十六章 第十三人

我将会去证明用我的一生

向前跑,迎着冷眼和嘲笑

生命的广阔不历经磨难怎能感到

继续跑,带着赤子的骄傲

生命的闪耀不坚持到底怎能看到

与其苟延残喘不如纵情燃烧吧……"

啊,荔枝队的队歌!一定是静恩,梓恒听出来了,是妹妹嘶吼式的领唱,荔枝镇龙舟少年队没有上场的后备队员,还有曾教练、伟潮哥,更有支持他们的同学、父老乡亲一起唱响的大合唱!

一股焕发一新的力量油然而生,梓恒握桨的手仿佛又生出几分力气。今天,他要为梦想而战,他要为一个人而战!而这个人,一直就在他身后,就在老龙舟"东坡仔"上支持着他!

荔枝队的龙舟少年们都被岸上这首现场合唱的队歌感染了,所有人都瞬间充满力量,诗颖擂响最后冲刺的战鼓,越来越密的鼓点,仿佛预示着这场水上

"速度与激情"好戏的高潮就此上演。

随着鼓频的加快,桨手们的桨频以及"嗨嗬,嗨嗬"的呐喊声也随之快起来。荔枝队的老龙舟"东坡仔"与乐从队的龙舟,只差一个船位了。

最后50米,两岸的观众沸腾了。主持人激动地解说道:这是传统种子队与新晋黑马队的终极PK!

作为黑马,无论最终是否能夺得冠军,进入决赛的荔枝镇少年龙舟队已创造了这项赛事最大的一个奇迹。

在诗颖充满魔力又令人血脉偾张的"双星鼓法"感召之下,梓恒带领桨手们全力冲刺,而夏师傅传授给他的独门秘诀——划桨使用咏春手腕寸劲发力,这时也派上了大用场。

梓恒身后的"水牛仔"伟浚也搏了命似的奋力扒着,手臂上黝黑的肌肉在阳光的照射下,闪闪发亮。船尾的叶航刚刚干脆利落地稍稍调整舵尾方向,确保了老龙在最后的直道以分毫不差的直线最短距离冲刺。

最后20米!

## 第十六章 第十三人

此时，所有人都没有意识到，这场决战最终胜负的关键，其实不在速度，也不在力量，而在龙舟载荷；不在桨手，也不在舵手，而在龙舟鼓手。

这次比赛的参赛队员不限定性别，可采用男女混合搭配形式，乐从队派出的是最强的传统全男班，毕竟他们认为男生力气会比女生要大一点儿。

但荔枝队则不同，虽然桨手和舵手也是男生，但鼓手却是一位女生。坐在龙舟鼓前的少女鼓手诗颖，不但在比赛中成为一道清新美丽的龙舟风景线，更成为了两强相遇后终极之战的胜负手。

龙舟比赛有一定特殊性，好看就好看在这里。拼到最后，两支队伍的体力其实都消耗得差不多了，都是靠顽强的意志在坚持着。在彼此之间实力差距不相上下的情况下，整条龙舟的总载荷，也就是船体本身重量加上选手体重，对胜负往往有决定作用。

相差毫厘的两强相遇，不但是勇者胜，更是轻者胜。

乐从队的队员每一个看上去都身强力壮，体重也

相对重一些,其中他们的鼓手体重110斤;而诗颖是女生,体重不到90斤,这样乐从队龙舟的总载荷就比荔枝队重。

龙舟载荷越轻,桨手划起来就越少费劲儿,龙舟就会扒得越快。在最后10米的终极冲刺中,荔枝队正是凭着载荷上的优势,完成惊天大逆转,风驰电掣般反超乐从队惊险撞线。

荔枝队赢了!

虽然最终领先乐从队只有一个"龙鼻子"的距离,但在梓恒看来,这是世界上最遥远也最困难的距离。为此他和他的队友们默默训练了整整十个月,所有洒过的汗,流过的泪,手掌的茧,脚底的泡……都是为实现领先对手一个"龙鼻子"的距离的最好的见证。

不管怎样,今天,农历五月初五端午节中午十二点,自己的龙舟梦想终于实现了。荔枝队的桨手们冲过龙门后,用龙舟桨挑起水花来庆祝。梓恒回过头,向站在船尾的叶航使了个眼色。随后,出现了让整个荔枝涌彻底沸腾的感人一幕。

## 第十六章 第十三人

只见叶航转过身,扶住一人高的巨大队旗,把对着观众席方向的一面小心地慢慢撕下,然后像升国旗的升旗手一样,将执在手心的队旗一角,庄严地往上用力一抛,荔枝队的红色队旗旋即迎风招展,猎猎作响。

岸上的观众惊讶地望着冠军队伍舵手的这个异乎寻常的动作,等他们看清荔枝队队旗上渐渐清晰的新图案时,全场忽然鸦雀无声,无边的寂静骤然间笼罩住整个荔枝涌。

那是用黄色针线绣在队旗红布上的一个中年男子头像,表情坚毅,目光如炬。这个人,荔枝镇无人不知,无人不敬佩。

一年前,这位被称为"龙舟痴"的龙舟队长,为寻找百年老龙舟"东坡仔"而神秘失踪。

而今天,他确确实实回来了,此时此刻,他就在荔枝镇少年龙舟队出征的老龙舟——那条他视之如生命的"东坡仔"上。

"爸爸,爸爸,我找到老龙舟'东坡仔'了!今

天的比赛我也做到了！您看到了吗？您一直是我的榜样，我的骄傲，我的动力！"

梓恒喃喃自语，不觉已潸然泪下。

站在梓恒对面的诗颖，目睹这一幕后，整个人完完全全怔住了，这一刻，她终于理解了梓恒，理解了梓恒的爸爸。

"梓恒，对不起，对不起……"诗颖在心里默默地呐喊着，一遍又一遍。

梓恒的妈妈远远地看见了，泪水也模糊了她的视线。

静恩哽咽着一头埋进妈妈的怀抱里。

诗颖爸爸双手合十，鞠了一个躬。

夏师傅将手从捋着的长须上放下，对着队旗方向作

## 第十六章 第十三人

了一个揖。

连从来只笑不哭的傻福,这一刻,眼里竟然也泛起泪花。

一阵肃穆的静默过后,现场开始响起雷鸣般的掌声,此起彼伏的欢呼声也如海浪般涌来。

## 第十七章 龙·舟景

傍晚时分,陈家祠堂前灯火通明,人潮涌动。

露天空地上早已炊烟袅袅,空气里弥漫着乡村酒席喜宴特有的饭菜香。

每一张黄色的圆木桌上都摆好了碗筷以及饮料,还有一支九江双蒸米酒和一瓶珠江啤酒,每围台放十张红色胶凳,就这样从村头一直延伸到村尾,浩浩荡荡摆了整整一千围。

镇上十大名厨悉数到齐,首次同场献技,每人精心炮制一道拿手好菜,此刻他们正紧张有序地忙碌着。戴红色太阳帽的阿姨们,端着热气腾腾的美味佳

肴在席位之间来回穿梭。来吃"龙舟饭"的乡里，络绎不绝，此时已陆陆续续上座，一个个喜笑颜开，氛围胜似过年。

"好久没有来过这么多人啦！"

村中德高望重的老长辈阿祥伯逢人便笑着说。

去年端午，因为梓恒爸爸陈庆年节前意外失踪，村里就没有参加龙舟赛，也没有组织节庆活动。而今晚，为庆祝少年龙舟队勇夺全省第一，荔枝镇举办的是庆功"龙舟饭"，并且还是"万人龙舟宴"。阿祥伯回想起走过的八十多年，这样热闹的情景该是第二回吧，而上一次还是上个世纪八十年代重新恢复龙舟文化活动的第一年。

"龙舟热潮好像又回来啦！"坐在阿祥伯旁边的叶师傅——叶航的爷爷叶永辉好不感慨。

"对，恒仔他们这班后生仔年少有为，我也可以真正隐退啦。"夏师傅将着长须也感叹道。

"龙舟扒得快，今年好世界！我们镇拿了第一，今年肯定是个好年！"二伯公笑得见牙不见眼。

## 第十七章 龙舟景

"是呀,食过龙舟饭,干什么都行!"诗颖爸爸说道。

阿祥伯说:"阿亮,辛苦你啦,为了我们镇的龙舟,出钱又出力!"

三叔公接上说:"真的多谢你这个大企业家啊,今晚整整一千席,花费肯定不少!"

诗颖爸爸连连摆手说:"阿祥伯,三叔公,千万不要这么说,这些小意思啦,大家开心最重要……"

诗颖爸爸和阿祥伯、二伯公、夏师傅、叶师傅、三叔公等镇上一众长者坐在祠堂正中的上席。

"阿祥伯,难得今日这么尽兴,来一支你最擅长的龙舟歌吧。"梓恒妈妈刚提议完,三叔公就从祠堂里抱出"龙舟说唱"六件宝——"一龙两锣三条棍":"一龙"指木雕小龙舟,"两锣"指一个小锣和一个迷你鼓,"三条棍"指支撑木雕龙舟的龙舟杖、竹管及敲鼓小棒。

龙舟歌也叫龙舟说唱,既像唱歌,也像说话,是国家级非物质文化遗产,阿祥伯正是荔枝镇传承人之

一。虽然他已一把年纪,但唱起来依然中气十足、铿锵有力,讲起故事对白则娓娓道来。

只听他用"龙舟说唱"特有的节奏和唱腔唱起即兴创作的龙舟歌:"龙舟鼓,好威武,龙舟饭,真是赞。今日荔枝少年,得胜还埠,广召亲朋宴饮。咚咚锵,咚咚锵。你看人潮如海,鼓声雷动,真是人逢喜事,精神爽,人逢喜事,精神爽。咚咚锵,咚咚锵。食过龙舟饭,个个威猛矫健似条龙,似条龙……"

"好听!好听到好像耳油都流出来了!"喜欢听龙舟歌和粤剧的梓恒妈妈使劲鼓起掌来。紧接着掌声雷动,一浪胜似一浪,原来闻讯来欣赏的乡里早已将祠堂围得水泄不通了。

"还是潮仔厉害呀,我原先那只龙舟仔烂了,这只是他新做给我的。"阿祥伯唱歇,摸摸手中崭新的迷你龙舟雕刻模型,对伟潮的爷爷叶永辉称赞道。

叶师傅欣慰地笑了,他对阿祥伯双手抱拳,连连作揖……

谈笑风生间,龙舟宴"九菜一汤"不觉已一道接

## 第十七章　龙舟景

一道端上席来。首先是头菜"独占鳌头"——拆烩西江大头鱼羹，寓意荔枝少年龙舟队竞渡勇夺头魁；接着是"一飞冲天"——古井烧鹅乳鸽拼盘，寓意龙舟队神龙腾飞。接下来八道龙舟菜的名字同样别有心意。赛龙夺锦——节瓜虾米粉丝；鸿运当头——鸿运四杯鸡；丁财两旺——松子鹊巢丁；龙盘虎踞——蟠龙蒸西江大白鳝；节节高升——美极罗氏虾；万事胜意——荔枝清蒸鱼；金银满船——荷叶糯米龙舟饭。老火汤是特为龙舟健儿们配备的消暑解渴靓汤"喜事连连"——大骨冬瓜灯芯草煲莲蓬汤。

长者上席和龙舟队员所在宴席还额外多了一道美味：烧猪点砂糖。食材来自赛事组委会按传统龙舟赛风俗颁给荔枝队的冠军奖品——一头大烧猪。

梓恒和诗颖、静恩、叶航、伟浚等一班龙舟少年，以及曾教练、伟潮哥、何平哥他们坐在一围台。少年龙舟队队长梓恒今晚似乎话特别多，几杯苹果醋下肚，更是有感而发。他站起身，一人夹一块烧肉，又往每个人的杯里倒满酸酸甜甜的苹果醋，举杯说道：

"各位兄弟姊妹,'宁可煲烂,不可扒慢'(宁可把龙舟撞烂,也不能扒得慢),这就是我们荔枝队的龙舟精神,今天辛苦大家啦,让我们以饮料代酒,一起干杯!"

龙舟少年们唰地站起来,齐齐举杯相庆。

诗颖说:"来,我们敬曾教练一杯!"

曾教练说:"哈哈,我敬大家才对!"

叶航举杯说:"多亏堂哥复原的老龙头,今天'东坡仔'特别威猛!"

伟潮笑着回应道:"哪里哪里,都是你们扒得快而已!"

一番杯光斛影之后,"开心果"伟浚说:"多谢队长将我们带飞①……哦,不是不是,应当是多谢队长和鼓手将我们带飞!"

梓恒和诗颖听了,都不好意思地连连摆手。

伟浚故意提高声调提议道:"队长鼓手来一杯!"

---

① 带飞:龙舟桨手在划出好成绩之后相互打趣的俚语,意指感谢领桨手带领得好,使龙舟快得像飞一样。

## 第十七章 龙舟景

梓恒听完,脸唰一下红了。

静恩第一个跟着起哄道:"队长鼓手来一杯!队长鼓手来一杯!"

在热烈掌声中,诗颖大方地站起身。

梓恒倒是犹豫了一下,不过很快,他抿抿嘴,就站起来走向诗颖。

杯子与杯子终于碰在一起,那是冰雪般的心事甜蜜融化的声音。

"嗖——嘣——",不知什么时候,五彩斑斓的烟花在荔枝涌上空惊艳燃放,诗颖两手合十,双眼轻闭,默默许下一个心愿。当她睁开湿润的眼睛时,视线正好越过夜空中璀璨的焰火,她望见遥远的天边正挂着一弯新月,在这个如梦如幻的仲夏之夜,散发出崭新的光芒。她仿佛看见梓恒他们扒着的龙舟"东坡仔"正变成一条小白龙,载着龙舟少年们向梦想的远方高高飞去。

今夜,荔枝涌烂漫的夏日烟花仿佛为两个人而绽放……

夜里,梓恒和静恩回到家,看见妈妈和几个阿婶早已在厨房里忙个不停。饭桌上摆了一堆四角形的咸肉蛋黄裹粽。自从梓恒爸爸失踪后,妈妈为了维持一家的生计,每晚都会做镇上很多人都喜欢吃的裹粽,第二天早上拿到镇墟去卖。不过今晚裹粽旁边还多了满满几大盆酥饼。

梓恒凑近一看,哇,是龙舟饼!

核桃酥、鸡蛋糕、红凌饼……还有他最爱吃的炒米饼!

梓恒拿起一个核桃酥,塞到馋嘴猫静恩手上,自己则拿起一个鸡蛋形状的黄色炒米饼咬上一大口。

妈妈走过来说:"恒仔、静恩,明天'龙舟景',你俩今晚早点儿睡,明天早点儿起床哦。"

梓恒和静恩点点头,回到各自的房间。

梓恒走到书桌前坐下,心里终于静下来。今天累并快乐着,真是充实又美好的一天呀。

他忽然想起了什么,就从口袋里掏出一张信纸,那是看烟花时诗颖忽然塞到他手心里的。

## 第十七章　龙舟景

梓恒同学：

你好！

今天你的表现真棒，我们能拿到冠军，你这个队长功劳不小呀！

你知道吗，龙舟赛结束后，你让叶航把队旗上陈叔叔的头像展开时，不骗你，那一刻，我流眼泪了。

我知道自己错了，我不该质疑和否定你的爸爸。

这大半年来，特别是加入少年龙舟队后，参加了各种龙舟比赛和传统文化活动，让我对"龙舟"在岭南水乡人心中的地位有了新的认识。今天我终于明白了老龙舟"东坡仔"对于荔枝镇的意义，对于你的意义，特别是对于你爸爸的意义……

梓恒，我郑重地向你道歉，也向陈叔叔道歉。对不起，请你原谅我吧！

对了，有个好消息告诉你，爸爸建的三层半新屋已经装修好了，我们下个月就入住。

你呢？接下来有什么打算呀？

祝你每天都开心快乐！

（PS：那条五彩绳好好看，我今天用来扎了高马尾，你看到了吗？谢谢它今天带给我们比赛的好运。）

诗颖

五月初五

梓恒一字一句地读着这封信，内心百感交集。当看到诗颖说向自己和爸爸道歉时，他的眼泪滴了下来，把诗颖娟秀的字迹也融化了。

第二天，天刚蒙蒙亮，还躺在床上的梓恒就听到诗颖银铃般的笑声。原来她早早就过来找妹妹，一起帮筹办"龙舟景"活动的妈妈打下手。

对于今天村里举行的"龙舟景"，妈妈总结的一句话，让梓恒印象深刻："扒龙舟比赛是龙舟竞渡，比快、比猛；而龙舟景活动则是龙舟竞艳，比靓、比威。"

龙舟景是龙舟文化活动中的一种表演形式，是不同村落龙舟串门互访的传统民间风俗。前去其他村探

# 第十七章 龙舟景

访叫"趁景",邀请其他村来聚会叫"招景",兄弟村、老表村接到邀请后欣然接受叫"应景"。

五月初一那天,二伯公等荔枝村长者已去周边二十多个兄弟村"招景"了。荔枝村始终沿袭"飞柬先行"的传统,尽管不外是在一张红纸上用毛笔手书"五月初六邀请前来敝乡趁景食龙舟饭"区区十六个字,但这种扒龙舟到兄弟村亲手递上"龙舟飞柬"的方式,确实让人格外感动。梓恒想,或许这就是二伯公所说的重礼数、守礼节吧。

想到这里,梓恒忽然记起,妈妈马上就要去祠堂准备龙舟景用的罗伞等物品了,他一骨碌爬起床。

梓恒在院子里的荔枝树下看到了诗颖,经过她身边时,他很想对她说些什么,可是直到最后,除了向她使了个眼神和点头问候了"早晨"(粤语,早上好)之外,却什么也没有说出口。

梓恒妈妈用扁担挑着满满两箩筐龙舟饼出发了,梓恒也帮忙挑了两大煲龙舟饭跟在后头。这些龙舟饭与昨晚庆功的"龙舟饭"不一样,是用彩椒、花生、

五花肉、豆角、萝卜脯等五种传统食材,再加上白果仁、腰果、鲍鱼切成"丁",与隔夜准备好的米饭一起炒制而成。龙舟饭口感丰富,又有添丁发财、多子多孙的好意头。这些龙舟饼和龙舟饭是给来参加龙舟景的兄弟村扒丁(桨手)享用的。

诗颖举着一顶色泽富丽的广绣罗伞,静恩扛着一面独具荔枝村氏族特色的彩旗,蹦蹦跳跳地走向祠堂。

这些美食和龙舟装饰品,都是梓恒妈妈昨夜熬通宵制作好的,她是村里龙舟景制作的非遗传承人之一。

第十七章　龙舟景

来到祠堂,梓恒看见乡亲们忙得不亦乐乎,里面热气腾腾,人声鼎沸。

妈妈一放下龙舟饼,乡里们就一窝蜂围上来,纷纷挑自己喜欢的款式品尝。

妈妈太忙了,今天是她一年中最忙的一天。她紧接着就带诗颖和静恩去给埠头上的龙舟扮靓。

梓恒放下龙舟饭后就和叶航、伟浚趁着雾气未散,去荔枝林摘正值当季的新鲜荔枝。

荔枝涌埠头附近的荔枝林里,飘荡着一层轻纱般的薄雾。太阳还没有出来,这时候未经阳光晒过的荔枝是最甜的。荔枝镇的孩子都知道这个秘密。三人爬上一棵棵荔枝树,"桂味""妃子笑""糯米糍""挂绿"……不同品种都采摘了一些。伟浚有些壮,爬上最大的那棵老荔枝树时,早已气喘吁吁。他干脆不下来,坐在树干上剥开一颗硕大的"妃子

笑",将晶莹剔透的荔枝肉塞进嘴里,两条腿在半空像秋千一样荡来荡去。

叶航经过时,轻拉他的小腿一把,说道:"大力浚,别偷懒,待会儿其他村的龙舟都来趁景了,我们如果还没带荔枝回去会被二伯公说的。"

"接住!"伟浚从树上抛一串"妃子笑"给叶航,"真甜!"

叶航剥了一颗放进嘴里,哇,熟悉的味道。

梓恒捧着一大沓红红的"糯米糍"过来,放进树下的竹筐里。

"差不多了,我们撤。"梓恒看到竹筐快满了就说道。

回到荔枝涌埠头,梓恒看见这里已人山人海了。第一个受邀来荔枝村趁景的是新星村,每年他们都是最早到的,这份诚意与默契已持续了近十年。新星村的龙舟装扮一新,各式罗伞、旗子五彩缤纷,美不胜收。

二伯公率领曾教练、伟潮哥等人,早已站在埠头

# 第十七章　龙舟景

最底下的台阶恭候。新星村龙舟上的长者给二伯公递上龙舟回柬，这就是传统的"应景"。

梓恒妈妈、诗颖和静恩也跟在二伯公后面，大家热情邀请新星村的扒丁上来吃龙舟饭，食龙舟饼，喝龙舟茶，品梓恒他们刚摘下的鲜甜荔枝。

后来又陆续有多条兄弟村的龙舟来荔枝村趁景，荔枝涌彩旗招展，锣鼓喧天，鞭炮震耳欲聋，好不热闹。

等到兄弟村的龙舟到齐了，吃过龙舟饭后，曾教练、伟潮哥和龙舟少年们扒着精心打扮过的荔枝村龙舟出场了，这时来到龙舟景活动的高潮。

梓恒妈妈装扮的龙舟真的太美了，罗伞独一无二的外形和颜色，比其他所有来趁景的龙舟都靓好多！正在打龙舟鼓的诗颖不禁赞叹起来。荔枝村的队员划着本村的龙舟，与兄弟村二十多条龙舟一起在河面上游弋嬉戏。诗颖的鼓声、三叔公的锣声、傻福的炮仗声、扒丁和观众的喧闹声交汇在一起，场面热闹非凡。她看见龙舟上的扒丁边蹬边划，还用桨互相挑起

水花,使龙舟在平静的河道上无风也能起浪,营造游龙出海的壮观场面,这使诗颖联想起"风生水起"的美好寓意。

新星村要去下一个村趁景了,诗颖看见他们准备离开的时候,恪守最传统的龙舟习俗,划满三个来回才缓缓离去。她听二伯公说,"回龙"这个礼节,既表达了有来有往的好意头,也表达了对东道主荔枝村盛情款待的谢意。

诗颖昨晚是第一次吃龙舟宴,而今天又是第一次看龙舟景,这样的体验太独特太美好了。她心里不禁感叹:龙舟景这项端午传统民俗活动,好看又好玩,小镇的龙舟文化真是博大精深呀。

# 第十八章 逆风飞翔的龙

一个月后,龙舟少年们梦寐以求的香港(中国)国际青少年龙舟邀请赛即将开始了。

这次比赛的地点是尖沙咀东部海滨的维多利亚港,夏师傅提前三天就带龙舟队来适应场地,毕竟在海域扒龙舟和在河涌还是很不一样的。

其中最大的区别是海上风高浪急,水流的速度和阻力跟相对平静的江河明显不同,龙舟选手不但要在速度上战胜对手,还要在力量上和海浪搏击,这对于第一次参加这种海上龙舟赛的荔枝镇少年龙舟队是一大挑战。

伟潮也随队来到香港,他配合领队曾教练负责后勤保障。他见到队员们有些不习惯,就分享起在英国观看赛艇比赛的经历:

"牛津剑桥赛艇对抗赛每年三四月都会在伦敦泰晤士河举行,这项传统赛事至今已有近两百年历史。去年的比赛我有幸去了现场观看,感触很深。

"双方队员都是学霸,我记得牛津大学队长接受采访时,一边把满是茧子的手展示在镜头前一边说:

## 第十八章　逆风飞翔的龙

'我们每天训练五个小时,就是为了赢!同时,我们还有繁重的学业要去完成,而且在玩儿的年纪连社交的时间都没有。但这样极致的青春并不是人人都有能力和资格体验的。'

"他这段话让我感同身受,扒龙舟与赛艇同为水上桨类运动,我们少年龙舟队也一样,已经为此付出了很多很多。如今我们历尽千辛万苦,终于能够参加国际赛事,这样的荣耀,这样极致的青春,真的并不是人人都有能力和资格体验的。我们要相信自己一定会赢……"

梓恒听了,大受鼓舞,想不到伟潮见多识广,眼界和口才就是不一样。他这一番真挚的话,就像激情燃烧的火把,瞬间点燃了龙舟少年们的自信心。

夏师傅说:"我们来玩一个游戏吧。"

刚说完,曾教练就划了一条崭新的龙舟过来。梓恒发现这条龙舟的材质与平时的不一样,既不是传统的坤甸木,也不是新式的杉木。曾教练说,这是用玻璃钢材料制成的,由组委会统一提供,质量比木头

轻,但强度更佳,划起来更快。

"拔河,大家玩过吧?我们现在要玩一场特别的拔河比赛——海上龙舟拔河!"大家一听,都被吸引住了。夏师傅就把队员们分成前后两队,分别对坐于龙舟两端,一端坐在第一位的是梓恒,另一端坐在第一位的则是伟浚。夏师傅在中间做了记号,一声令下,两支队伍奋力扒起来。龙舟时而靠向梓恒他们那边一点儿,时而又被拉向伟浚他们那边,两队斗得难分难解。大家第一次体验这个龙舟拔河游戏,玩得不亦乐乎,此前一度紧张的心情,渐渐平复下来。

第二天上午九点,万众瞩目的国际青少年龙舟邀请赛青少年组比赛正式开始了。

赛事设在尖东(尖沙咀东部海滨)。这次比赛有来自十二个国家和地区的龙舟队参加,包括代表大湾区参赛的广东鹤山荔枝龙舟队、香港尖峰龙舟队和澳门自由龙龙舟队,以及泰国穆达汉龙舟队、印度尼西亚康健龙舟队、菲律宾布格卡门龙舟队、马来西亚巨龙龙舟队、美国加州龙舟队、加拿大温哥华龙舟队和

## 第十八章 逆风飞翔的龙

澳大利亚飞龙龙舟队等队伍。

十二支队伍分成两个小组进行预赛,成绩最好的六支进入最后的决赛。

在预赛中,泰国穆达汉龙舟队、印度尼西亚康健龙舟队、美国加州龙舟队、澳大利亚飞龙龙舟队和香港尖峰龙舟队等龙舟强队顺利晋级,荔枝龙舟队在十二支队伍中成绩排第六,惊险出线。

由于青少年组是本项赛事首次增设的项目,所以各国龙舟队伍之间对彼此的了解都不多。本次比赛对划姿没有限制,夏师傅和曾教练跟龙舟少年们一合议,决定最后的比拼中改用"夏式跪姿桡法",这是荔枝队训练已久的秘密武器。

混合组1000米直道决赛正式开始,队伍介绍环节,当主持人用中英双语介绍第6航道荔枝队时,梓恒带领龙舟少年们双手高举龙舟桨,大喊一声,岸上观众席顿时掌声雷动,欢呼声此起彼伏。

荔枝队的桨手们把龙舟桨插入水中,竖起耳朵。裁判员一声令下,六条龙舟立马射出,如蛟龙出海般

在蔚蓝的海面疾飞，龙舟两侧翻起了滚滚白浪。

今天的风有点儿大，龙舟桨激起的浪花，溅在龙舟少年们的脸上，飘进嘴里，凉凉的、咸咸的，有别于平日在河涌扒的感觉。

荔枝队的起桡相当完美，领桨手梓恒的桨频与鼓手诗颖的鼓频配合默契，简直如天作之合。桨手们之间的协调也天衣无缝，特别是"水牛仔"伟浚，划起桨来势大力沉，拉水极深，就像一个龙舟前进的助推器。舵手叶航一如既往冷静沉着，确保航向保持直线。

十来桨功夫，荔枝队与泰国穆达汉龙舟队、印度尼西亚康健龙舟队一道冲到第一方阵。

前面200米，泰国穆达汉龙舟队和印度尼西亚康健龙舟队你追我赶，轮流领头。荔枝队拼尽全力，紧随其后，紧紧咬住两队不放。

到半程第500米时，泰国穆达汉龙舟队已稳居第一，领先印度尼西亚康健龙舟队两条船的距离。荔枝队则渐渐赶上来，仅落后印度尼西亚康健龙舟队一个船位。

# 第十八章　逆风飞翔的龙

第 800 米，荔枝队终于反超印度尼西亚康健龙舟队，追到第二名，只落后泰国穆达汉龙舟队一个船位。岸边星光大道的看台上，响起一片疯狂的欢呼声和尖叫声。夏师傅、曾教练、诗颖爸爸、梓恒妈妈、静恩、伟潮哥激动得几乎跳起来。

"心中有谱，打鼓自然神。"疾驰如飞的龙舟上，夏师傅这句话忽然闪过诗颖的脑海。对啊，最后冲刺的时刻到了，是时候搏上一切了。诗颖的鼓点愈加密集有序，鼓舞人心。梓恒仿佛心有灵犀，他第一时间感应到了，和着鼓点的节奏拼尽全力加快划桨速度，荔枝队全体队员都默契地同步进入了冲刺状态。

第 900 米，荔枝队已紧逼泰国穆达汉龙舟队，两条如猛龙过江般飞驰的龙舟，差距只有半个船位了。

最后 50 米，两队风驰电掣，并驾齐驱，难分伯仲！

梓恒心想，辛苦训练多时的"跪桡式"划法没有白费，终于在今天这关键时刻发挥作用了。

但就在所有人都以为荔枝队会黑马到底，并最终

创造奇迹的时候,一个意想不到的突然变化,让比赛骤然生出扑朔迷离的悬念。

乌云压海。

狂风肆虐。

暴雨如注。

海上的天气,如同小孩子的脸,说变就变。

龙卷风!

龙吸水!

突如其来的局部瞬时龙卷风,疯狂旋转着,甚至将海水也吸到天上,形成一条骇人的白色通天水柱。

最外道——第6航道荔枝队的龙舟,竟然被吹出比赛区域,偏离预定航道和龙门终点线,并且还顺着海流向下游漂去!

而靠近看台一侧、位于里道第2航道的泰国穆达汉龙舟队则有幸逃过一劫,龙舟没有被风吹偏,而是直接冲过了龙门线。

对于这从天而降的戏剧性一幕,大家都目瞪口呆。等意识过来的时候,莫不惊慌失色,厉声尖叫。

荔枝队的龙舟越漂越远,越来越小,所有人都捏了一把汗……

不知过了多久,风住了,雨也渐渐小了。

泰国穆达汉龙舟队冲线后,印度尼西亚康健龙舟队和后面的龙舟队也陆续抵达终点线。

荔枝队的龙舟,此时却已漂到终点线下游200米处。面对这意想不到的风云突变,龙舟少年们被打了个措手不及,但万幸的是凭着过硬技术和团结精神,龙舟在与风浪的搏斗中没有侧翻。

虽然风和雨已稍歇,但终点上游突降的暴雨,已导致下游水位上升,水流也变得更加湍急。梓恒又一次想起了爸爸,想起因为寻找被大水冲走的老龙舟"东坡仔"而失踪的爸爸。他想,在被大水冲走之前的那一刻,爸爸到底在想些什么呢?如果爸爸遇到自己此刻的情况,他会作出怎样的选择?

在经历了与自己心魔的一番斗争后,梓恒镇定下来,紧紧握住爷爷和爸爸传给自己的百年龙舟桨,对队员们说道:"咱们掉转船头,逆流而上,扒回龙门

## 第十八章 逆风飞翔的龙

终点线!"

鼓手诗颖举起拿着鼓槌的右手,第一个表示赞成。

副领桨伟浚说:"我正有此意。"

舵手叶航也点点头。

这时候,组委会的一艘白色应急保障飞翼船赶来了。梓恒对组委会工作人员说明了想法,工作人员在检查确认龙舟可以安全划行后,就双手合十为目光灼灼的梓恒送上祝福。

荔枝队重整旗鼓,在滔天大浪中呐喊着逆水而上。龙舟少年们迎着风雨艰难前行,他们破釜沉舟,背水一战,不是为了赢,而是为了完赛。

荔枝队的龙舟,就像一条逆风飞翔的龙,历经艰险后终于抵达龙门附近。

可是,最后 50 米,由于风浪特别大,龙舟渐渐呈半沉状态,水淹没到队员半腰上。由于赛前所有选手都穿上了救生衣,并且都熟悉水性,所以不会存在太大的安全问题,在组委会搜救船护航下,荔枝队坚持扒回赛会指定航道终点。可是这时候,诗颖跟前的

龙舟鼓已斜斜地漂浮在水上,无法再打响了。她就双手举起鼓槌,像指挥家一样在空中打拍子。

终于,荔枝队绕回到了第6航道,成功冲过指定的龙门终点线!

霎时,掌声雷动,欢呼声排山倒海般涌来,响彻云霄。

"荔枝队虽败犹荣!他们是今天真正的冠军!龙舟精神不息!龙的精神不息!"

主持人慷慨激昂地用中英双语解说着,听得出声音哽咽而颤抖,并且还将背景音乐适时切换至非常应景的广东音乐——《赛龙夺锦》。

看台上的静恩和妈妈紧紧拥抱在一起。夏师傅、曾教练、伟潮哥和诗颖爸爸也高喊着"荔枝队"的名字,一遍又一遍。

泰国穆达汉龙舟队全体队员来到荔枝队已近乎沉没的龙舟前,向永不放弃的龙舟少年们致敬。所有选手都纷纷竖起了大拇指。

颁奖仪式上,泰国穆达汉龙舟队队长特意把陈梓

# 第十八章 逆风飞翔的龙

恒也拉上冠军领奖台,并且把金牌挂在这位小勇士的脖子上。龙舟少年陈梓恒的笑容,也通过现场直播的镜头迅速传遍全世界。

荔枝镇少年龙舟队获得组委会特别颁发的体育精神奖,站在领奖台上,梓恒在心里默默地说:爸爸,我明白了,我做到了!

是的,龙舟精神既是同舟共济、力争上游,也是永不放弃、勇往直前,更是快乐至上,就像夏师傅的口头禅:"做人最重要的是

开心!"

赛后,传来一个令龙舟少年们更加兴奋的好消息。荔枝队领队曾教练收到中国龙舟协会的通知,广东江门鹤山荔枝镇少年龙舟队选手——领桨手陈梓恒、鼓手周诗颖入选 U15 国家少年龙舟集训队(中国 15 岁以下国家少年龙舟集训队)……

# 第十九章 小小的梦

晚上，龙舟少年们相约去星光大道，一睹维港夜景的风采。

夏日的热气已褪去大半，海边清爽的夜风，吹得人心旷神怡。

梓恒、诗颖、静恩、叶航、伟浚，一班纯真的少年少女正半倚栏杆，看对岸中环璀璨的华灯美景，听海浪拍岸的动人歌谣。

不知什么时候，月亮已从云层里悄悄地露出了半边脸，倒映在海面上，影影绰绰。

此情此景，让梓恒的心蓦然一沉。他默默哼起了

爸爸喜欢的一首歌——《春夏秋冬》，当唱到"秋天该很好，你若尚在场。秋风即使带凉，亦漂亮。深秋中的你填密我梦想，就像落叶飞，轻敲我窗"时，梓恒一阵哽咽。

诗颖走了过来，把纸巾递到他手里，说道："梓恒，每个人都会遇到一些事情的，但都会过去。今天是我们荔枝镇少年龙舟队梦想成真的一天，你应当开心才是，相信陈叔叔感知到了也一定会很开心的……"

这时，旁边忽然飘来阵阵美妙的歌声。梓恒走上前一看，原来有个中学生乐队在表演。乐队主唱问道："有哪位朋友想上来体验一下？"

梓恒看了一眼诗颖，随即毫不犹豫地高举起手。当主唱邀请他上来时，他却轻轻将诗颖从人群中推了出去。

梓恒做了个双手打鼓的动作，乐队主唱颇有默契地比了一个 OK 手势。

诗颖的脸有些红，她坐在鼓手的椅子上，拿起熟

## 第十九章 小小的梦

悉的架子鼓鼓槌。

前奏响起了,是《下一站天后》,她最喜欢的一首歌。

"站在大丸前
细心看看我的路
再下个车站
到天后当然最好
……"

诗颖娴熟地打着鼓。在副歌之后的间奏,她和着节拍点头律动,鼓槌在她的指间优雅地一圈圈旋转着。她的动作灵活又潇洒,台下的欢呼声顿时铺天盖地般涌来。

此刻的她,一时几多感慨,蓦然想起曾经的"蓝色诗人"乐队。啊,亲爱的小伙伴,要是你们几个在场就好了。

乐队主唱走到台下,将麦克风递给忘情跟唱的静

恩。静恩大方接过,和着诗颖的鼓点,深情唱下去:

"白日梦飞翔

永不太远太抽象

最后变天后

变新娘

都是理想

## 第十九章　小小的梦

在时代的广场
谁都总会有奖
我没有歌迷有他景仰
……"

梓恒激动地鼓起了掌,叶航也尖叫起来,伟浚更是夸张地吹响了口哨。

在观看维多利亚港灯光秀的游客也被吸引住了,纷纷围过来欣赏。

这时,对岸的中环放起了烟花。梓恒抬头望向夜空,看见五彩缤纷的焰火如鲜花一样绽放。诗颖在掌声中走到台下,梓恒邀请她一起看烟花。

诗颖斜倚栏杆,凝望着夜空中如流星般璀璨的焰火出神。梓恒这才留意到诗颖穿了一条粉色连衣裙,她今天没有扎高马尾,而是长发垂肩。这样的装扮梓恒还是头一次见,他忽然觉得今晚的诗颖似乎有点儿特别。

一阵海风倏然吹来,掠过诗颖瀑布般的秀发,站

## 第十九章 小小的梦

在她身旁的梓恒只觉暗香浮动。一缕似曾相识的发香隐隐约约飘进梓恒的鼻中,蓦然唤醒他珍藏了一年零两个月的少年心事。他闭上双眼,偷偷地轻轻吸了一口气。啊,是栀子花洁白色的幽幽芬芳。这阵余韵袅袅般长留心间的熟悉香味,让梓恒突然想起去年五月那个星期六午后那场莫名其妙的大雨,想起他与那个背包上挂着米奇小布偶的高马尾女生的第一次偶遇。

梓恒想着想着,只觉双颊发烫。忽然他好像又想起了什么,就对诗颖说:"诗颖,对不起……我之前对你说'女仔鼓手比不上男仔',其实我是有意气你的,我错了,请你原谅我吧……经过这几场比赛,我想说巾帼不让须眉,女仔一样行。不用等下一站,你现在就已经是最棒的龙舟鼓'天后'……"

诗颖见他如此认真的样子,不禁扑哧一声笑了。她也略带郑重地说道:"好吧,看在你曾经是我的同桌、如今是我的队友的缘分上,我就原谅你吧……我也要正式对你说声对不起,我误会了你和你的爸爸,请你也原谅我吧……"

梓恒伸出尾指，诗颖也大方地伸出尾指，咯咯地笑着说道："拉勾，一百年不许变。我们今天拉完这个勾，此前的所有都一笔勾销啦，以后互不相欠哈……"

指尖与指尖轻轻碰在一起，一股甜蜜的电流霎时涌遍梓恒和诗颖全身。

这时，梓恒变魔术般从背包里掏出一个礼品盒，对诗颖说："送……送给你……提前……祝你生日快乐。"诗颖简直不敢相信自己的耳朵："梓恒怎么会记得我的生日呢？"她的生日是明天，这是她收到的最早的生日礼物。

## 第十九章 小小的梦

诗颖甜甜地笑了,她小小翼翼地打开粉色的长盒子,目光有些闪动。啊,是一个"龙舟仔"!但这个用柚木精心雕刻而成的"龙舟仔"与普通的龙舟迷你模型不一样,看上去更加精致可爱。小龙舟上多了一个小小的鼓,鼓身写着"荔枝"两个字,旁边还有一个扎着高马尾的小小少女鼓手,双手正举着一对月牙般的小鼓槌,而对面坐着的则是一个阳光帅气的小小少年领桨手。

这个小小的可可爱爱的"龙舟仔",就像一个小小的小小的梦。

诗颖湖水般清澈的双眸此刻仿佛泛起月色,她充满感激地望向梓恒,看见这位心里一度垒了一块白色石头的忧郁少年,此时俊朗的脸上终于露出了一个大大宽宽的笑容。这是一年多以来,诗颖看见的梓恒最灿烂的笑容。

这时候,一阵沁人心脾的晚风吹来,挂在"龙舟仔"小龙头上的一张粉色卡片飘落在地。诗颖拾起一看,只见上面赫然写着:"诗颖,十四岁生日快乐!"

# 后记

　　《龙舟少年》是我以家乡广东江门五邑地区为故事发生地原型而创作的第四部儿童小说，和"红棉少年系列"一样，讲述的都是以岭南文化传承为主题的少年成长故事。

　　在我们大湾区珠三角，有三大群众基础广泛的国家级民间传统竞技类非遗项目：醒狮、咏春拳和扒龙舟（即赛龙舟、龙舟竞渡）。作为一名生于斯长于斯的儿童文学创作者，我觉得自己有义务也有责任与使命去挖掘和创作家乡相关题材的作品，为岭南非遗文化的宣传和传承出一份力。岭南醒狮主题市面上已有相关儿童文学作品，咏春拳主题我在自己的第二部少年小说《咏春少年》中已写过了，我觉得可以就龙舟文化题材作出不一样的尝试与新的探索。

　　而真正决定开始构思这部作品，源于一张特别的照片。那是2023年5月，暂停了三年的龙舟赛终于又重启了，岭南人天生的龙舟基因一下子就被唤醒，珠三角地区的龙舟训练和比赛迅速如火如荼开展起来。在某个午睡前的时刻，我无意中看到自己一位摄影师朋友发的朋友圈，那是一张在龙舟比赛现场抓拍的照片：一条传统龙舟上，一众彪形大汉间，一个细小缝隙里，一位身材瘦小但手臂有肌肉的十三四岁的龙舟少年正在奋力挥桨逐浪，鹤立鸡群的他表情坚毅，目光深邃，这画面深深震撼了我。我觉得少年的眼神里是有故事的，这成为了《龙舟少年》最初的创作灵感。

龙舟文化是岭南传统文化的精髓之一，大湾区与龙舟文化相关的赛龙舟（扒龙舟）、龙舟制作技艺、龙舟说唱等三个龙舟项目均已成为国家级非遗。在这部作品的故事发生地"荔枝镇"原型——地处珠三角的广东江门鹤山古劳水乡，几乎每一条村都有自己的龙舟，其端午扒龙舟习俗"三夹腾龙"至今也已有三百多年的历史，被列入省级非遗项目。时间来到了2023年6月的端午节，"三夹腾龙"比赛冠军队伍"中东西"村的22岁领桨手——鹤山"水牛仔"一战成名，传统的龙舟文化活动由此通过短视频平台进入普罗大众视野,其所展现的力与美,速度与激情,特别是同舟共济、奋勇争先、永不放弃的龙舟精神,充分体现了岭南传统龙舟的独特魅力,也激励着更多的新时代青少年关注和参与龙舟运动。

2023年10月4日,中国男子龙舟队在杭州亚运会上夺得12人龙舟200米直道竞速赛金牌,鼓手是年仅15岁的少年陈梓桓;而早在2010年的广州亚运会上,年仅13岁的少女鼓手夏诗颖就和队友一起获得女子龙舟1000米直道竞速冠军。自古英雄出少年,龙舟赛场上,越来越多的青少年开始关注龙舟、学习龙舟,甚至亲身体验和参与龙舟竞渡活动,了解和传承这项已有两千多年历史的中国优秀传统文化。

所有这一切,使我对构思中的《龙舟少年》这部作品得以进一步明晰和确信。怀着极大的创作激情,10月4日当晚我就完成了近4000字的故事大纲,并写出了整部小说的开头第一章第一段。所有的开始,都弥足珍贵。那天夜里我发了一条微博(任晓风是我的笔名,也是我的微博账号名字),真实记录了自己当时的激动心情,是的,我等这一刻等得太苦太久了。

任晓风 2023-10-4 23:56 发布于广东

所有的开始,总是艰难的,人生没有随随便便的成功,创作一部新作品也是一样吧。忍着五个月来的伤痛与苦闷,历经种种自我怀疑、默默蛰伏和辛苦准备,直到今天下午四点一刻,无意中看到杭州亚运会一个比赛项目细节的那一刻,我才仿佛被一击即中,纠结犹豫半年的创作主题,在这一瞬间忽然得以明晰和自我确信,然后一直写到此刻,终于完成了四千字的简介,第一章也开了头。开始了,就好了。记下这一刻。加油。

随后的创作并非想象中那样一帆风顺,也曾一度遇到龙舟专业知识的瓶颈,为此我认真学习了曾应枫老师写的《车陂龙舟》以及另外一本书《顺德龙舟文化趣谈》,深入学习了龙舟习俗和龙舟制作方面的两篇硕士学位论文,观看了不知多少场龙舟比赛直播以及龙舟队训练等方面的视频,并且还请教了一班热爱龙舟文化的龙舟爱好者,解决了自己心中所有的龙舟相关专业技术问题,以及训练与比赛的细节疑问等等。特别是有幸遇见了广州市"龙舟龙头、龙尾制作技艺"非物质文化遗产项目代表性传承人张伟潮师傅，他的故事无形中对我这部作品的创作产生了很深的影响。他是一名85后，担任广州市黄埔区龙舟文化传承协会会长，在家乡下沙村祠堂创立"龙船刨艺工作室"，倾注全部的热爱与心血，去传承与创新龙舟雕刻技艺和传统龙舟文化。他制作的一个极具传统特色的龙舟龙头曾在2022年北京冬奥会开幕式上惊艳亮相。作为一位年轻而技艺高超的龙舟制作匠人，他对龙舟文化这份热爱与赤诚深深感染了我，《龙舟少年》这部作品中一个重要的人物角色——24岁的龙头雕刻师傅"叶伟潮"正是以他为原型而创作的。

  后来我联系上张伟潮师傅，问他是否愿意对我这部作品予以专业指导和推荐，他回复了四个字"乐意之至"；再后来，我收到他用柚木和樟木亲手制作的一个无比珍贵的"龙舟仔"迷你模型，看到小小的龙舟鼓上"荔枝镇"这三个我这部小说专属的字时，我的泪水流出来了。在这个充满喧嚣和诱惑的时代，还是会有一群人，坚守传统文化，为传承和创新非遗默默贡献着、付出着。

  时间到了11月1日，我终于理顺了整个故事的千头万绪。之后一直顺利写到12月1日凌晨，终于完成了这部7万字的小说初稿，那一刻，我也同样发了一条具有纪念意义的微博：

任晓风 2023-12-1 00:50 发布于广东

终于写完最后一个字，记住这一刻，再没有什么比完成一部作品的感觉更美好了，希望后续一切顺利。

2023年12月7日，在二十四节气里的"大雪"中，我修改完成了这部小说的二稿。从10月4日正式动笔，到12月7日完成二稿，这两个月沉浸式的创作时光，是我写作生涯里一段珍贵而美好的回忆。

我常常想，心田里一粒小小的种子生长成一个有血有肉的鲜活故事，这是作者历经无数个孤独的夜晚以及无数次自我怀疑之后的妙手偶得；而一个无形的故事变成一本图文并茂的书，则全赖出版社和编辑老师在幕后默默的辛苦付出。在此衷心感谢四川少年儿童出版社对我这部作品的大力支持，感谢我的编辑于杰老师，不仅仅因为她的专业、高效、耐心，以及对儿童出版事业的情怀与激情，也不仅仅因为我们彼此间能像朋友一样对书稿自由探讨交流，还因为她对这个故事的喜爱。我微信发给她后，她马上与我通电话，这是我第一次接到编辑老师的电话。四天之后，她完成了一份整整 42 页的策划汇报 PPT，看到那一刻，我被她对这部作品的真心与真诚彻底打动了，我想，一切都是最好的安排。感谢、感恩每一个在文学创作道路上关心、指导和帮助我的人。

正如龙头是龙舟的灵魂，而每一个龙头都是独特的那样，我希望这个岭南水乡龙舟少年少女的成长故事也是独一无二的。谨以这部我用"真实、真心、真诚、真情"的创作理念写出的大湾区龙舟非遗主题少年成长小说，向所有热爱、支持和传承岭南龙舟文化的龙舟人致敬，也希望更多的青少年朋友关注龙舟、爱上龙舟、逐梦龙舟，将非遗龙舟文化和龙舟精神一直发扬光大下去。

写于 2023 年 12 月 7 日

修改于 2024 年 10 月 30 日

图书在版编目（CIP）数据

龙舟少年 / 任君明著. -- 成都：四川少年儿童出版社, 2024.11. -- ISBN 978-7-5728-1720-5

Ⅰ. I247.5

中国国家版本馆CIP数据核字第2024FL8200号

出版人：余 兰
项目策划：于 杰
责任编辑：于 杰 谭 钟
责任印刷：李 欣
责任校对：王默志
美术编辑：苟雪梅

| 书　　名 | 龙舟少年 LONGZHOU SHAO NIAN |
|---|---|
| 著　　者 | 任君明 |
| 插画作者 | 肖猷洪 |
| 出　　版 | 四川少年儿童出版社 |
| 地　　址 | 成都市锦江区三色路238号 |
| 网　　址 | http://www.sccph.com.cn |
| 网　　店 | http://scsnetcbs.tmall.com |
| 印　　刷 | 成都兴怡包装装潢有限公司 |
| 成品尺寸 | 210mm×145mm |
| 开　　本 | 32 |
| 印　　张 | 7.75 |
| 字　　数 | 155千 |
| 版　　次 | 2025年1月第1版 |
| 印　　次 | 2025年1月第1次印刷 |
| 书　　号 | ISBN 978-7-5728-1720-5 |
| 定　　价 | 35.00元 |

**版权所有　翻印必究**
若发现印装质量问题，请及时与市场发行部联系调换
地　　址：成都市锦江区三色路238号新华之星A座23层四川少年儿童出版社发行部
邮　　编：610023